그린란드
지구의 중심을 걷다

그린란드

지구의 중심을 걷다

노나리 지음

내가 이 책의 저자인 노나리를 만난 것은 2008년 3월이었다. 2007년 EBS〈다큐 프라임〉"세계의 자연"시리즈가 호응 속에 방송되고 2차 시리즈를 기획할 때였다. 당시 노나리는 PD를 지망하던 대학 휴학생이었고 계약직 조연출로 EBS에 들어와 나와 함께 일하게 된 것이다.

세계지도책을 펴들고 출장지를 물색 중이던 나는 처음에 안데스 산맥을 종단해서 남극으로 넘어가는 원대한(?) 계획을 짜보기도 했으나 엄청난 제작비 때문에 포기하고 말았던 터였다.

모든 것을 빨아들일 듯 초롱초롱한 눈망울로 나를 쳐다보던 노나리 조연출에게 어디를 가고 싶은지 한번 찍어보라고 지도를 건넸다. 잠시 당혹스러워하던 그녀의 시선이 흔들리더니 이내 지도 한켠에 하얗게 칠해진 그린란드에 꽂혔다. 나는 껄껄 웃고 말았다. (왜 그랬는지 잘 모르겠지만 그땐 그랬다.) 그린란드에 가고 싶으면 자료 조사를 해보라고 농담처럼 말했다. 그리고 며칠이 흘렀다. 출근하니 책상 위에 생전 처음 보는 사진 하나가 놓여 있었다. 괴상한 뿔이 달린 고래 사진이었다. 노나리는 진지한 표정으로 사진을 가리키며 일각고래라고 했다. 그린란드 최북단 마을 까낙에 가면 볼 수 있다는 자세한 말도 덧붙였다. 그러면서 까낙에 사는 일각고래 사냥꾼이 보낸 이메일을 보여주는 것이었다. 방문을 환영한다는 영문 편지였다.

앗! 그린란드에서도 인터넷이 되고 영어가 통하다니!

처음 알게 된 사실이었다. 그 밖에도 그녀가 수집한 그린란드에 대한 정보는 짧은 시간에도 불구하고 방대하고 신선한 것이었다. 개떡같이 얘기해도 찰떡같이 알아듣는다더니…… . 장난삼아 던져본 말이었는데.

젊은 피의 무대뽀(방송가에서 흔히 쓰는 속어다) 정신에 흠칫 놀라는 순간이었다. 방송쟁이들은 'Something Strange'를 좋아한다. 그린란드라면 아직 우리에겐 미지의 영역 아니던가? 구미가 당겼다. 예산을 뽑아보라고 했다. 다시 며칠을 끙끙거린 그녀가 작성한 예산서를 보니 빠듯하지만 불가능한 제작비는 아니었다. 50여 일에 달하는 우리의 그린란드 취재는 그렇게 느닷없이 결행됐다. 그리고 그 결과는 EBS 다큐 프라임 〈그린란드의 여름 이야기〉 3부작으로 고스란히 기록됐다. 한국 방송사상 최초로 그린란드를 종단한 다큐멘터리였다.

방송쟁이들이 프로그램 제작의 뒷이야기를 글로 남기는 일은 드물다. 나름 필요한 일이라고 생각하면서도 잘 안 되는 것 가운데 하나다. 핑계 같지만 우선 시간적인 여유가 만만치 않다.

한 프로그램을 끝내고 나면 곧바로 다른 프로그램에 투입돼야 하는 것이 현실이기 때문이다. 그래서 흔히 "PD는 프로그램으로만 말한다"는 묵언으로 그 당위성을 무시하곤 한다.

〈그린란드의 여름 이야기〉를 제작한 뒤 EBS를 떠나 학교에 복학한 노나리가 제작 후기를 쓰겠다고 나섰을 때 기특한 생각이 들었지만 또 껄껄 웃고 말았다. 그런데 딱 1년 뒤 나로 하여금 기어이 이 글을 쓰게 만들고 말았다. (또 보기 좋게 당한 것이다.)

노나리의 역작을 읽으면서 질문 한 가지가 떠오른다.

"세상에서 양을 가장 많이 키우고 있는 나라는?"

호주나 뉴질랜드라고 답한다면 '땡!'이다. 정답은 중국이다.

가끔 상식은 우리들의 허를 찌르곤 한다. 그렇다면 우리는 그린란드에 대해서 얼마나 제대로 알고 있을까? 그저 남극과 비슷한 북극곰의 나라쯤으로 알고 있진 않을까? 아직도 에스키모가 이글루에서 살고 있는 곳으로 착각하고 있진 않을까? 그렇다면 이 책을 강추하고 싶다. 아마 미지의 땅 그린란드에 대한 국내 최초의 종합 보고서가 아닐까 한다.

이 책을 읽고 난 뒤 나는 상상해본다. 우리나라 여행객들이 캥거루수아크에서 북극 순록과 사향소들이 느긋하게 풀을 뜯는 모습을 감상하고 나르사수아크 양 농장에서 푸르른 초지를 거닐며 나르사크에서 수십만 년 된 빙하로 만든 맥주를 마시고 너무나 아름다운 남부 카코톡 마을 광장에서 이뉴이트 젊은이들과 노래를 부르는 모습을……. 그리고 그린란드 최대의 관광도시 일루리셋에서 빙하를 만끽하고 지구상 최북단 마을 까낙 앞바다에서 유영하는 일각고래와 바다표범들을 바라보는 모습을. 세상에서 가장 깨끗한 곳 그린란드로의 여행은 지구상 어느 곳에서도 느낄 수 없는 가장 순수하고 독특한 추억을 선사할 것이다.

지금까지 어느 누구도 하지 못했던 그린란드에서의 여름 이야기를 생생한 기록으로 남긴 노나리의 무대뽀 정신에 경의를 표하며 다시 한번 축하의 말을 건넨다.

나리야! 언젠가 우리 다시 그린란드의 겨울 이야기를 찍으러 가지 않을래? 겨울엔 해가 없어 온통 화면이 검게 나오겠지만 말이야. 하하….

이대섭 · EBS 기획다큐팀장

잘 가, 그린란드

탈고하던 날, 팔공산 갓바위에 올랐다. 대구 토박이로 스물여섯 해를 살면서 한번 가볼 시도조차 하지 않았던 '대구 관광 명소' 갓바위. 생각할수록 우스워 가파른 산비탈을 타는 내내 실실 웃었다. 나는 무엇 하러 북극까지 쫓아 올라갔을까, 정작 집 앞의 산도 못 올라본 주제에. 바로 곁에 있는 것도 보지 못하면서 대체 무얼 찾겠답시고 떠났던 건지. 그런데 이 모순을 가장 매섭게 꼬집어준 것은 다름 아닌 그린란드였다.

지구온난화, 개발과 보존, 탈식민 투쟁, 글로벌시대……. 멀고도 낯설다고만 생각했는데, 동시대 우리 모두의 화두를 치열하게 고민하고 있는 그린란드는 더이상 먼 곳도, 낯선 곳도 아니었다. 우리의 이야기가 곧 그들의 이야기이고, 그들의 미래가 곧 우리의 미래였다. 그러므로 그린란드, 나와 가장 동떨어진 그곳에서 나는 비로소 나의 일상과 현실을 통찰할 눈을 얻었다.

곁에 두고서도 자그마치 스물여섯 해씩이나 외면해왔던 갓바위를 뒤늦게 차근차근 오른다. 가장 가깝고도 익숙한 것들부터 찬찬히 되돌아본다. 새로운 눈으로 돌아본 나의 삶은 매 순간 다채로이 빛나고 있다. 정체되어 있던 내 삶을 거듭나게 한 기적, 그린란드. 이 글은 그 순간을 증거하는 하나의 기록이다.

퍽 야무진 꿈이었다. 조연출로서 참여한 EBS 다큐멘터리 〈그린란드의 여름 이야기〉에서 미처 다루지 못한 이야기와 정보에, 50여 일간 그린란드에 체류하며 얻은 값진 영감을 버무려 알차고도 맛깔 나는 '한국 최초의 그린란드 소개서'를 쓰겠다는 꿈. 그러나 제대로 된 글 한번 안 써본 사람이 책을 쓰겠노라 마음먹은 것부터가 이미 충분히 무리수였거늘, 그 이상의 뜻을 품으니 장밋빛 꿈도 으레 악몽으로 치달을 수밖에.

8개월간의 맹렬하고도 지루한 글과의 전쟁. 적은 너무나 강했고, 나는 족족 패했다. 게다가 적의 수장은 신통치 못한 글재주도, 경험 부족의 미숙함도 아닌, 바로 나 자신이었다. 나태해지려는 나, 현실을 회피하고픈 나, 이렇듯 나약한 스스로에 실망하여 자괴감에 빠진 '나'들의 끝 모를 습격이 용기와 의지를 꺾고, 쓰지 말자 혹은 적당히 쓰자는 유혹은 꿀물처럼 달았다. 그러나 그린란드를 한국에 소개하는 최초의 책이라는 나름의 사명감, 반드시 해내고야 말겠다는 오기와 절박함, 그리고 막 이제 맛을 본 '글 쓰는 즐거움'에 펜을 검처럼 뽑아든 채 하루, 이틀이 지나갔다. 어느덧 문장은 문단이, 문단은 장이 되었고, 그리하여 잘 쓰든 못 쓰든 '글을 쓸 수 있어 행복한' 비명을 지르게 될 즈음, 깨달았다. 드디어 이겼구나.

다시 책장을 넘기자니 그 유치함과 졸렬함에 낯이 뜨겁다가도 한편 숙연해진다.

책을 기획해서 출판하기까지 오롯이 홀로 싸웠으나, 절대 혼자가 아니었다. 감히 글이란 걸 쓸 엄두를 내게끔 독려해주시고, 글 쓰는 즐거움이 무엇인지 맛보게 해주신 계명대학교 사학과 강판권 교수님, 그린란드에 발 디디고 또 다큐 제작에 참여하는 소중한 기회를 주신 EBS 이대섭 PD님, 초짜 조연출의 어설픈 보조도 너그러이 봐주신 EBS 조영환 카메라감독님, 이 서툰 글을 무려 책으로 내는 모험을 감행해주신 강성민 대표님과 책이 나오기까지 일선에서 가장 고생하신 편집부 여러분들, 흔쾌히 몇몇 사진의 사용을 허락해준 김효종씨, 느슨해질 땐 고삐를 죄여주고 침체될 땐 신선한 지적 자극을 준 친구 조은정, 의욕과 자신감을 불어넣어준 오스람 식구들, 그리고 부족한 딸을 한결같이 믿어주시고 묵묵히 지원사격해주신 부모님과 언니들. 그저 감사하고 또 감사할 따름이다.

머리말을 쓰는 지금도 원고를 끝내기 전으로 돌아가고 싶은 마음이 불쑥불쑥 치밀고 올라온다. 이제부터 내 글에 대해 져야 할 책임이 못내 두렵고, 나 자신이 고스란히 까발려진 이 글을 공개한다는 그 자체가 일기장을 들키는 양 민망하다. 그러나 그린란드에 다녀온 지 벌써 일 년, 이제 그만 그를 떠나보낼 시기가, 더 많은 한국 친구들과 소통할 기회를 줘야 할 시기가 된 것 같다.

잘 가, 그린란드. 언젠가 이 땅에서, 지금보단 덜 낯선 모습으로, 다시 만나.

2009년 10월
저 멀리 팔공산이 보이는 창가에서
노나리

2부 세계사의 거울, 그린란드 역사

하늘에서 찍은 아름다운 그린란드, 가능성의 땅.

GREENLAND

1부

지구의 미래,
그린란드 자연

더 이상 ■ ■
그린란드가
누구냐고 ■
묻지 ■ 마라

더러 없는 땅 취급받기도 하고, 당연하다는 듯 절반으로 툭 잘린 채 지도 상단 양 끝에 나뉘어 표시되기도 한다. 크기는 사우디아라비아만 한 것에서부터 아프리카 대륙만 한 것으로 늘었다 줄었다 제멋대로에, 찌그러진 채 그려진다. 세계지도에서 가장 홀대받는 '세계 최대의 섬'. 세계사에서도, 세계의 관심에서도, 세계지도에서만큼이나 홀대받는 나라. 어디인지 짐작이 가시는지? 맞다. 여기는 '그린란드 Greenland', 세상의 끝점 혹은 시작점이다.

그린란드가 어드메 붙어 있는지 제대로 파악하려면 평면 세계지도가 아닌 적어도 지구본, 혹은 극지를 중심으로 편집된 지도 정도는 봐줘야 한다. 캐나다 가장 동쪽 끝자락과 북유럽 서쪽 끝자락 사이에 떠 있는 이 역삼각형 섬은 북극해를 가로질러 러시아와도 연결된다. 이 민감한 위치 덕택에 제2차 세계대전 당시 미국은 그린란드에 기지를 건설함으로써 독일이 아메리카 대륙으로 뻗어오는 길을 차단했고, 냉전 기간 동안은 이곳에서 소련이 북극을 가로질러 탄도미사일을 발사 하는지의 여부를 감시했다. 지금도 미국은 알래스카, 영국 북부 요크셔 의 필링달레스와 더불어 그린란드의 북쪽 지방 툴레Thule에 미사일 방어체 제MD를 소유하고 있다. 이 같은 전략 적 요충지로서의 가치를 생각하자면, 세계지도에서 그토록 무시당하는 그 처지가 더더욱 안쓰러워진다. 댕강 반 토막 난 채 한쪽은 지도 동쪽 끝, 나머지 한쪽은 지도 서쪽 끝 구석에 처박혀 있기 일쑤니.

그린란드 전도. 얼음이 전체 대륙에서 차지하는 가공할 만한 면적을 확인할 수 있다.

다들 어렴풋이나마 이름은 들어봤 다 말한다. 그린란드. 그러나 원주민 인 그린란드 이뉴이트족Greenland Inuit 이 부르는 본디 이름은 아니다. 그린 란드란 이 땅에 잠시 머물렀던 북유 럽계 바이킹이 붙인 이름일 뿐, 원주 민들이 부르는 이 땅의 본명은 칼라

북극 지도. 그린란드의 지정학적 가치가 여실히 드러난다.

릿 누낫Kalaallit Nunaat, 그들 모국어인 그린란드어로 '사람의 땅Land of the Greenlanders' 이라는 뜻이다. 한반도의 열 배에 달하는 넓이,

항공 사진. 그린란드는 얼음으로 뒤덮여 있다.

시간대가 네 개로 나뉠 정도로 광활한 대지에 5만7000여 명이 살면서 '사람의 땅'이라고 하면 작명이 거창하다 싶지만, 전체 면적 216만여 평방킬로미터 중 175만여 평방킬로미터가 얼음에 덮여 있는 이 척박한 북극에 기어이 터를 잡고 역사를 이어온 이들을 생각한다면 '사람의 땅'이라는 명칭도 결코 과장이 아닐 것이다. 역사에 대한 자부심을 대변하는 이름, 칼라릿 누낫. 그러나 그 이름은 이제 더이상 불리지 않는다.

식민지 개척 열풍에 온 유럽이 들끓던 18세기, 덴마크는 자기네 본토보다 50배나 큰 이 얼음왕국을 맨 입으로 홀라당 삼켜버렸다. 과연 땅덩어리뿐일까? 지금도 여전히 '침략자의 수뇌부' 덴마크 왕실에 변함없는 애정과 존경을 표현하는 이 나라의 정신은 대체 누구의 소유인가. 하긴 무조건 탓할 노릇도 아니다. 35년간의 악명 높은 일제의 수탈은 조선을 초토화시켜 그 부작용이 오늘날까지 이어지며, 200여 년간 몇 세대에 걸쳐 영국에게 지배당했던 인도는 여태 '식민지 근성'을 뿌리 뽑지 못했다. 300년이 넘도록, 자신들보다 100배나 많은 인구를 가진 나라가 군림해온 그린란드가 길들여지지 않았다면 외려 이상한 일이다. 덴마크는 식민 모국 치고는 퍽 점잖은 편에 속했고, 그린란드인들은 외교, 국방, 사법권을 제외한 자치권을 얻어낸 지금도 여전히 덴마크의 보조금에 기대어 먹고산다(2008년 실시된 그린란드 자치권 확대 주민찬반투표에서 자치권 확대안이 가결되어 이제 그린란드는 천연자원에 대한 권리와 사법권, 경찰권을 행사할 수 있게 됐다. 외교권, 국방권은 아직 덴마크에 남아 있지만 북극권과 유럽연합과의

그린란드 중부 쨍거부수아크의 어린 아이.
검은 눈동자를 제외하곤 피부색, 얼굴형, 콧대 등이
서구 유럽인과 거의 구별이 가지 않는다. 300여 년간
덴마크와의 혼혈로 더이상 순수한 의미의 그린란드
이뉴이트를 찾기란 불가능하다.

그린란드 북부 카낙 지방 어린 아이.
남부나 중부 지방보다 혼혈화가 비교적 느리게 진행된
북부 지방에는 검은 눈동자, 가무잡잡한 피부색,
넓적한 얼굴형, 낮은 콧대 등 그린란드 이뉴이트의
외향적 특성을 보이는 사람들을 더 흔히 살필 수 있다.

관계에서는 제한적인 외교권을 행사할 수 있다). 그렇게 조금씩 자립 의지는 자꾸만 꺾여갔고, 어느 날 문득 정신을 차려보니 덴마크 없이는 살 수 없는 종속적인 존재가 되어 있었다는 슬픈 이야기.

이름도 남의 것, 몸도 아직 남의 것, 그 영혼조차도 자유롭지 않아 자신이 누구라 내세울 여유도 없었던 그린란드를 세계무대 한가운데로 데뷔시킨 것은 바로 지구온난화였다. 이 얼음섬은 이제 '국제적 뜨거운 감자'가 되어, 녹아내린 동토에서 샘솟는 석유에 환호성을 지르는 사람들과, 앨 고어의 지구 멸망 경고 메시지에 절규하는 사람들 모두 이 땅을 주목하고 있다. 하늘이 주신 기회를 놓치지 않고 지하자원 개발과 농업 발전에 박차를 가하며, 요원하게만 여겼던 덴마크로부터의 경제적 독립과 그에 뒤이을 완전한 독립을 꿈꾸는 그린란드. 그러나 이것이 과연 하늘이 주신 기회일지 위기일지는 확언할 수 없다. 그린란드가 제아무리 자원의 보고라도 그것을 개발할 인력과 기술이 없다면 소용이 없기 때문이다. 너무나 적은 그린란드의 인구와, 아직 미비한 기술과 설비라는 치명적인 조건……. 곧

인력 및 기술 수입 등 수많은 이권 위로 드리워질 덴마크의 그림자가 눈에 선하다. 지구온난화는 덴마크의 그린란드 식민 지배를 더욱 공고히 하는 계기가 될지도 모른다.

지구온난화는 그 이름 넉 자를 세계인의 뇌리에 각인시켰지만, 우리는 여전히 그린란드가 어떤 곳인지 모른다. 이글루 앞에서 북극곰과 어우러져 노는 에스키모를 상상하는 수준이다. 그러나 그린란드에서 이글루가 없어진 지는 오래다. 그린란드 원주민들은 에스키모를 '날고기를 먹는 사람들'이란 뜻의 모욕적인 지칭이라 여기기에 자신들을 '이누이트'라 불러주길 원한다. 점입가경인 것은 2001년 그린란드의 일인당 국내총생산GDP은 2만 달러 정도로 중진국

덴마크 국기.

그린란드 국기. 윗부분의 흰색 줄무늬는 그린란드의 빙하와 빙모를 표현한 것이고, 아래에 붉은 줄무늬는 바다, 붉은 반원은 태양, 흰 반원은 빙산과 부빙들을 나타낸 것이라고 한다. 또한 이는 바다 위에서 반쯤 잠물한 태양의 모습을 나타내는 것이기도 하다. 덴마크 국기와 같은 색깔을 쓰는 것은, 그린란드가 여전히 덴마크의 지배 아래에 있다는 걸 의미한다.

수준이며, 체감 물가는 덴마크 코펜하겐의 물가가 싸다고 느껴질 정도로 비싸다는 것. 공산품은 대부분 덴마크에서 수입해서 쓰기 때문에 동네 아저씨들의 허름한 차림새도 자세히 뜯어보면 노스페이스 점퍼에 나이키 운동화이고, 한국보다도 전 국민의 휴대폰 사용이 더 일상화되어 있는 탓에 그린란드 체류 기간 내내 가뭄에 콩 나듯 설치된 공중전화를 찾아 사방팔방 쫓아다

녀야 했다. 은연중에 응당 그린란드 같은 '오지'는 '미개할 것'이라 짐작하고 코웃음 쳤더니, 나의 선입견과 오만방자함은 뒤통수 한번 제대로 맞았다.

우리는 그린란드를 모른다. 별로 알고 싶어한 적도 없으며, 지금껏 그 무지함이 그다지 부끄러운 줄 몰랐다. 오죽하면 이 땅에 관한 제대로 된 연구서는커녕 소개서 한 권도 번역된 적 없을까—덕분에 겨우 기행문일 뿐이지만 개인적으로는 모종의 '사명감'을 느끼며 글을 쓰고 있다. 그러나 이제 상황이 달라졌다. 그린란드는 현재 전 세계적으로 가장 논쟁적인 이슈인 '지구온난화'의 최전선이자, 근현대의 난제였던 '식민주의 극복'을 위해 과감한 행보에 나선 역사적 실험의 장으로 부상했다. 또한 그린란드 중부 도시 일루리셋의 얼음 피오르드가 2004년 유네스코 자연문화유산에 등록되면서 그린란드의 훼손되지 않은 태곳적 자연의 가치 역시 점점 더 인정받는 추세다. 이제 곧 새로 그려질 세계지도를 상상해본다. 물론 앞으로의 판도에 따라 조금씩 달라지겠지만, 적어도 그린란드 땅덩어리가 당연하다는 듯 절반으로 잘리는 경우는 차차 사라질 것이다. 긴장하자. "그린란드가 누구세요?"라는 질문이 부끄러워지는 시대가 오고 있다. 조금쯤은 대비해두어야 하지 않을까.

숲 소리가 났다. 미풍에 팔랑이는 나뭇잎사귀들이 서로 부딪치며 아삭거리고, 물은 계곡을 따라 흐르며 요란스레 폭포를 만들다 곧 자세를 낮춰 졸졸거렸다. 척박한 북극을 기대한 나를 비웃기라도 하듯, 여름철 그린란드 남부는 백야의 볕 아래 스물네 시간 푸르게 피어오르고 있었다. 곳곳에 펼쳐진 고운 연둣빛 초원과 샛노란 민들레 벌판, 그리고 그 가운데 유독 짙푸르게 빛나는 남부의 작은 마을 나르사수아크^{Narsarsuaq}. 10여 년 전, 덴마크 정부는 추위에 강한 나무 10만 그루를 이 마을에 옮겨 심었고, 꿀벌을 들여와 양봉을 실험적으로 시작했다. 피오르드 깊숙이 위치한 덕분에 차가운 해류와 바람, 소금기 머금은 물안개를 피한 자작나무, 소나무, 버드나무는 꾸준히 생장하여 숲을 이루었고, 꿀벌은 주변 초목을 더욱 번성시켜 양봉 역시 그 명맥을 이어올 수 있었다. 나르사수아크 근처 일러루라릭 농장에서는 겨우내 양들을 먹일 풀을 가꾸느라 여념이 없다.

저 멀리 산비탈에 점점이 붙어 풀을 뜯는 한 무리의 양떼가 보이고, 트랙터 한 대가 빙산이 떠 있는 농장 앞 바다를 무심히 지나치며 드넓은 초지에 비료를 뿌리는 이곳, 나르사수아크는 이미 농촌이다.

그린란드가 지구온난화로 이슈화되기 훨씬 전부터 종주국인 덴마크는 녹아내리는 이 땅의 가능성을 점치고 있었다. 10년 전엔 나무가 살아갈 수 없다고 알려진 땅에 나무를 옮겨 심었고, 최근 덴마크인들이 이곳에 세운 농업 연구소에서는 사과, 딸기까지 실험 재배하고 있다. 연구소에서 키우는 감자를 비롯해 브로콜리, 양배추 등의 농작물과 국화, 제비꽃, 피튜니아 등 화초 50여 종이 소소하게나마 상업화된 것은 이미 오래전 일이다. 덴마크는 온난화가 그린란드에 열어준 새로운 기회를 십분 활용하는 데 앞장서고 있다.

아이러니한 것은 지구온난화를 걱정하며 그린란드에 과학자들과 연구 인력을 투입하는 세계 여러 선진국 중 가장 큰 비중을 차지하는 국가 역시 덴마크라는 점이다. 녹은 땅 위에 신나게 농사도 짓고 양도 치면서 다른 한편으로는 땅이 녹는 것을 걱정하는 모습이라니. 기실 덴마크를 위시한 세계 강대국들이 그린란드에 대거 인력을 투입하는 것에는 환경 문제를 염려하는 순수한 의도 이상의 목적이 있다. 바로 석유, 금, 다이아몬드, 천연가스, 알루미늄 등 지금껏 소재는 파악하고 있었지만 두꺼운 얼음층 때문에 감히 채굴할 엄두를 내지 못했던 지하자원이다. 전 세계적으로 지하자원 수급에 비상이 걸린 이 시점에서, 이들은 마지막 남은 자원의 보고를 선점할 명목과 위치를 셈하고 있다. 그래서일까. 온난화 연구를 위해 드릴로 길게 구멍을 뚫어 얼음을 채취하는 모습에, 드릴로 길게 구멍을

농장의 어린 아들이 새끼 양들에게 젖을 주고 있다. 아이는 아마 초지가 펼쳐지고 양이 뛰노는 그린란드의 풍경이 당연한 것으로 알고 자라날 것이다.

뚫어 석유를 시추하는 모습이 언뜻 겹쳐 보인다.[1]

강대국들이 치열하게 이 땅에 발을 들이밀 동안 그린란드인들역시 가만있지 않았다. 덴마크의 식민지가 된 지 300여 년, 그동안 보조금에만 의지하여 살아온 그들에게 지구온난화는 재정적자립과 더불어 독립을 꿈꿀 수 있는 기회이기 때문이다. 농업이라는 새롭고 안정적인 산업의 등장은 그린란드 경제에 활력을주었고, 100퍼센트 수입에 의존하던 농산품 시장이 감자 등 추운 환경에서도 잘 자라는 작물을 중심으로 점차 자급자족 시스템으로 전환되는 기점이 되고 있다. 그린란드 내륙의 콜로르토르수아크Qorlortorsuaq 지방에는 2010년 준공을 목표로 빙하에서녹아내리는 물의 낙수차를 활용한 수력발전소도 건설 중이다.그러나 가장 뚜렷하고 확실하게 보이는 돈은 역시 지하자원이다. 석유 시추는 아직 본격적으로 시작되지 않았지만, 2004년그린란드 남부 나노르탈릭의 금광에서 첫번째로 채굴된 금이 현재 덴마크 황태자인 프레더릭의 결혼반지로 만들어졌을 정도로광산업 개발은 발 빠르게 진행되고 있다. 현재 덴마크와 그린란드 정부는 지하자원 채굴 권리를 두고 격론 중이다.[2]

그린란드 개발권이 그린란드 주민들에게 먼저 주어지는 게당연하건만 어쩐지 걱정부터 앞서는 것은, 희망에 들뜬 현재의그린란드 모습에서 일단 고픈 배부터 불리자는 생각에 개발을단행했던 1960~70년대의 한국이 문득 연상되기 때문이다. 잘살아보자는 미명 아래 이리저리 파헤쳐진 한국의 산천은 30여년이 지난 지금까지도 후유증을 앓고, 그때의 사고방식이 고스란히 답습되어 오늘날에도 마구잡이 개발 우선주의가 기승을 부리는 게 한국 환경 문제의 현주소다. 자칫 그린란드가 한국과 비슷한 노선을 밟게 될까봐, 그래서 그린란드 환경 파괴가 자립이라는 명목 아래에 정당화될까 두렵다. 그저 '설레발'에 불과하다 치부해버릴 수 있다면 좋으련만, 내가 목도한 그린란드 사람들의 환경의식은 이 모든 걱정과 두려움이 괜한 것이 아님을 말해주고 있었다.

그린란드 북동부 도시 우페르나빅Upernavik의 그림같이 아름다운 풍경 한가운데 떠 있던 거대한 쓰레기 섬의 충격이 아직도 생생하다. 휴지조각에서부터 폐차까지 한데 얽혀 덩어리진 그 섬을 보는 순간, 그린란드에 머물렀던 50여 일 동안 단 한 번도 분리수거를 해본 적이 없다는 사실을 새삼 깨달았다. 합성세제로 설거지를 하면 하수구로 들어간 물이 파이프를 따라 거울같이 반짝이는 바다로 곧장 흘러 들어갔지만, 누구도 이의를 제기하지 않는 분위기에 휩싸여 나도 자연스레 그 심각성을 잊어버렸었다. 그린란드 어디든 사냥터나 바닷가 부근에선 뭔가 코를 찌르는 냄새가 났는데, 경악스러울 정도로 '안이

한' 환경의식에는 다 그만한 이유가 있을 것이다. 워낙 넓은 땅 덩어리에 워낙 적은 수의 사람들이 살다보니, 그린란드 자연의 너른 품은 미미한 숫자의 인간들이 유발하는 오염 정도야 너끈하게 자체 정화시켜왔을 터. 그린란드 사람들이 지금껏 환경보호의 중요성이나 그 필요성조차도 느끼지 못했던 것은 어쩌면 당연한 일이다. 그러나 여태까지와는 전혀 다른 상황이 도래했다. 대대적인 국토 개발은 필연적으로 심각한 그리고 지속적인 환경오염을 초래할 것이다. 제아무리 그린란드의 대자연이라도 이 모두를 소화해낼 수 있을 리 만무하다. 환경보호에 대한 사

고 전환과 지속 가능한 개발에 대한 고민이 시급하지만, 당장 돈이 되지 않는 이슈라서 그런지 어디에서도 그에 관한 논의는 들려오지 않는다.

그린란드는 아름답다. 최근엔 오로지 지하자원의 가치에만 모든 이목이 쏠려 있으나, 나는 여전히 그린란드의 가장 큰 자원으로 천혜의 자연을 꼽고 싶다. 그린란드만의 광활하고 신비로운 풍광과 독특한 생태, 깨끗한 물의 가치는 세계인의 재산이다. 그린란드는 아름답고, 또 아직 망가지지 않았다. 개발이 막 본격적으로 시작되는 현 시점에서 '지속 가능한'이라는 수식어가 절실해지는 것도 이 때문이다. 한번 망가진 자연을 회복하는 데에는 너무나 많은 시간과 비용이 소요되며, 그나마 원상태로 되돌려지지 않는 경우가 허다하다. 마구잡이 개발의 대가를 대신 치르며 서서히 망가져가는 걸 그저 두고 보기엔, 그린란드의 자연은 너무나 아름답고 또 소중하다.

그린란드는 아름답고, 아직 망가지지 않았다. 개발이
막 본격적으로 시작되는 현 시점에서 '지속 가능한'
이라는 수식어가 절실해지는 것도 이 때문이다.

지구 ■ ■
온난화는
불편해야
제 ■ 맛 ■

비행 중 심심해서 틀어봤던 다큐멘터리 한 편에 내내 경악을 거듭한다. 전 세계적으로 히트 친 앨 고어의 '불편한 진실'이란 다큐멘터리가 썩 잘 만들어진 자기 홍보용 영화에 불과하다며 코웃음 치던 나 역시, '환경보호 하자는 데 나쁠게 어디 있겠냐'는 안일한 생각에 그 다큐멘터리가 주장하는 'CO_2배출 줄이기=지구온난화 방지=환경보호'라는 등식을 머릿속에 막연히 새겨놓고 있었던 것이다. 그러나 BBC 다큐멘터리 '위대한 지구온난화 사기극The Great Global Warming Swindle'은 그런 나를 두고 '꽤나 멍청하다'고 꼬집고 있었다.

지구온난화 이슈에 정치적으로 접근한 부분은 그야말로 신선했다. 우파였던 영국의 대처 수상이 강성했던 전국 탄광 노동조합NUM의 힘을 약화시키고자 자국의 과학자들에게 지구온난화의 주된 원인이 석탄과 석유를 태울 때 발생하는 CO_2라는 연구결과를 내놓게 하여 그것을 이슈화시키고, 그 대안으로 원자력

발전을 독려하면서부터 지구온난화와 CO_2의 관련성이 기정사실화되었다는 주장이었다. 어떤 연구든지 간에 '지구온난화'라는 단어 하나만 얼렁뚱땅 갖다 붙여도 지원금의 규모가 달라지기 때문에, 과학자들조차 지구온난화와 CO_2의 관련성을 묵인한다는 의혹도 제기되었다. 또한 공산주의의 몰락 이후 사상적으로 무력화되고 파편화된 좌파들을 하나로 묶어주는 이슈로서 환경문제 특히 지구온난화 문제가 급부상했으며, 이들이 확실하지도 않은 CO_2 문제를 발판으로 삼아 산업화와 세계화, 자본주의를 비판하는 통에 CO_2에 대한 진실이 묻히고 있다는 무시무시한 고발 역시 잇따랐다.

이외에도 여러 가지 분석과 과학적 데이터들이 제시됐는데, 결국 이 다큐멘터리의 결론은 '지구온난화는 분명 일어나고 있지만 CO_2만을 그 원인으로 지명하기엔 근거가 부족하며, 인간이 지구온난화에 미치는 영향은 아주 미미하다' 정도로 정리할 수 있다. 하지만 정작 내가 얻은 결론은 '똑바로 정신 차리고 내 머리로 생각하지 않으면 여론과 미디어에 휩쓸리는 건 순식간이며 심지어 내 머리로 열심히 생각해낸 것조차 교묘한 조작에 당한 것일 수도 있다'는 다소 암울한 음모론과, '결국 내 스스로 독자적인 정보망을 구축하고 전문 연구의 최전선에 뛰어들지 않는 이상 앨 고어가 맞는지 BBC가 맞는지 끝내 알 수 없을 것'이란 회의론이었다.

세상천지 믿을 구석이 없다. 그러나 믿을 게 없다고 마냥 손 놓고 뒤로 물러 앉아 있는 것은 더 어리석다. 안 믿는다 하면서

지구온난화는 불편해야 제 맛

도 옆에서 자꾸 떠들어대면 '그러려니' 하고 나도 모르게 믿어버리는, 'CO_2 배출 줄이기=지구온난화 방지=환경보호' 등식을 의심 한번 없이 뇌 속에 입력해버리는 꼭두각시가 되버릴 수 있다. 그렇다면 구경꾼이 아닌 적극적인 참여자가 되기 위해 나는 과연 무엇을 할 수 있을까.

행운도 이런 행운이 없다. 이 비행기는 덴마크 코펜하겐 발 그린란드 남서부 도시 캉거루수아크Kangerlussuaq 행 국제선. 지구온난화 이슈의 최전선이라는 그린란드에서 현장을 내 두 눈으로 직접 확인하고 두 귀로 직접 들어보고 내 나름대로 한번 판단해볼 수 있는 절호의 기회다.

현지인들의 반응은 뜨악했다. 온난화에 따른 변화를 피부로 느끼고 있을 거란 예상과는 달리, 그들은 날씨가 추워지는 것도 더워지는 것도 그저 일상적인 기후 변화로 치부하는 듯했다. 그도 그럴 것이, 그린란드 기상청에서 보여준 최근 연도별 기온변화 그래프는 들쭉날쭉했다. 당장 살면서 느끼기에 재작년엔 추웠고, 작년은 좀 따뜻했고 올해는 아주 춥다는 식이지, 온난화가 진행된다고 해서 기온이 무작정 가파르게 상승하는 것은 아닌 것이다. 그러니 최근 지구 온도가 비정상적으로 상승 중이라는 앨 고어 측 주장에 반론이 나올 법도 했다. 온난화에 대해 왈가왈부하려면 적어도 몇백 년간의 기온 데이터를 근거로 삼아야 하는데 그들이 말하는 '최근'이라는 기간은 '온도 급상승'이란 주장을 뒷받침하기엔 너무 짧다는 것이다. 일례로, 우리가 받아든 몇십 년간의 그린란드 기온변화 평균 그래프만 두고 본다면, '최근'의 그린란드는 점점 추워지고 있었다. 기상청 연구원은 현대의 온난화가 CO_2 때문이라고 생각하냐는 질문에 직접적인 답을 피하면서도, "전 세계적으로 기온이 상승하고 있는 것은 틀림없는 사실이지만, 우리는 지구 온난화를 느낄 수 없다"는 말을 덧붙였다.

그린란드의 역사적 사실도 앨 고어 측 주장에 약간 불리하게 작용하고 있었다. 인류는 지금까지 로마 시절, 중세, 현재 이렇게 세 번 온난화를 겪어오고 있다. 언론들은 온난화로 인해 이제 그린란드에서도 농사가 가능해졌다며 호들갑을 떨지만, 사실 그린란드의 농경 역사는 중세까지 거슬러 올라간다. 10세기 말 그린란드 남부에 정착한 바이킹들이 이미 농사를 지으며 400여 년간 번성한 바 있다. 당시 바이킹들은 양과 더불어 소를 키웠는데, 소는 양보다 꼴을 더 많이 먹여야 하기 때문에 충분한 양의 풀이 필요하다. 현대의 그린란드에서 소 사육이 불가능한 이유도 그만큼의 풀을 키워내기엔 아직 날씨가 춥기 때문이다. 지금은 양을 먹일 풀조차 항상 넉넉하게 자라는 건 아니라서, 그린란드 최대 목장에서조차 상황이 여의치 않으면 양들에게

농업연구소에서 실험 사육 중인 그린란드의 유일한 소.
중세 시기 그린란드 바이킹들에게 소 목축이 일반적이었던 반면, 현대 그린란드에서 소는 부러 '실험'
사육 중이다.

겨우내 먹일 풀을 수입해온다. 즉, 중세시대 그린란드는 현대의 그린란드보다 기온이 훨씬 높았다는 이야기다. 또한 바이킹들은 밀농사를 지었지만, 현대의 그린란드는 밀의 긴 생장 기간을 감당할 만큼 따뜻한 날이 길지 않아 이 역시 불가능하며, 현재 그린란드에서 가장 활발하게 생산되는 작물은 추운 지방에서도 잘 자라는 감자뿐이다. 이는 지구의 주기적 기온 변화로만 치부하기엔 현재 지구의 기온이 지나치게 높으며, 그것이 인간이 배출한 CO_2의 영향이라는 앨 고어 측 주장과는 다소 상반된 현상이다.

엇갈리고 헷갈리는 이야기도 많았다. 빙하 관광지로 유명한 그린란드 중부 도시 일루리셋Ilulissat 공항 벽 한복판엔 시간이 지날수록 심각한 속도로 녹아 줄어들고 있는 빙하의 위성사진이 보란 듯이 걸려 있지만, 기상청 연구원은 내륙 얼음의 넓이가 줄어드는 만큼 그 두께가 점점 두꺼워져 높이가 올라가니 줄어드는 것이라 단언할 수 없다고 말한다.[3] 현대의 온난화가 비정상적으로 빨리 진행되고 있는 것은 사실이지만 이를 막연히 CO_2의 영향으로 설명하는 건 위험한 발상이라는, 앨 고어 측과 '지구온난화 사기극' 측 주장의 절충안 비슷한 의견을 내놓는 핀란드인 과학자가 있는가 하면, 이 모든 것이 지구온난화 연구기금을 둘러싼 코미디라는 음모론을 제기하는 현지인도 있었다.[4] 그러나 한편 생각해보면 엇갈리고 헷갈리는 게 당연한 것이, 워낙 땅덩어리가 큰 나라니 그린란드 어느 지역에 거주하느냐에 따라

온난화에 대한 반응도 천차만별일 수밖에 없지 않겠는가. 추운 환경에서 자라 강원도 감자 못지않게 맛있는 그린란드 산 감자를 쪄 먹으며, 날씨가 더워져서 큰 넙치들이 점점 안 잡힌다는 선장의 이야기를 듣고 있자니, 결국 관건은 온난화가 그린란드 전반에 득을 줄 것인가 실을 줄 것인가가 아닐까 싶다.

내가 보고 들은 그린란드의 여름은 앨 고어 측이 주장하는 '지구 멸망 초읽기'와는 다소 거리가 멀었다. 그렇다고 이 부분적이고 피상적인 경험을 일반화시켜 지구온난화에 대해 이러쿵저러쿵 말할 수는 없는 노릇이다. 현장에서 직접 겪어보고 내 스스로 판단하겠노라 건방을 떨었지만, 결국 어느 쪽도 믿기 어렵다는 어정쩡한 결론에서 별로 달라진 건 없다. 다만 한 가지 확신한 것이 있다면 '지구온난화는 결코 단순하게 접근할 문제가 아니다'라는 지극히 기본적인 명제다. 지구온난화를 둘러싸고 오만가지 주장과 논란이 제기되는 것 자체는 무척 건강한 현상이다. 다만 걱정되는 것은 진실이 무엇인지 끊임없이 논의되어야 하고, 어느 쪽이 맞고 틀리며 누가 참과 거짓을 말하고 있는지 아직 두고 보아야 할 이 시점에서, 벌써 어느 한쪽 주장에만 힘이 실려 제대로 된 논쟁조차 벌어지지 않는 듯한 상황이다.

자국민과 전 세계인들의 빈축을 사다 못해 마침내 미국의 부시 대통령이 그토록 거부하던 IPCC(기후변동에 관한 정부 간 패널)에 참여하겠노라 선언했던 모습이나, 앨 고어가 '불편한 진실'로 제79회 아카데미 다큐멘터리 상을 거머쥔 후 한때 대선 재출마설까지 나돌았던 걸 미루어보면 지구온난화와 CO_2의 악질적인 관계는 그 사실 여부와 관계없이 이미 진리가 되어 버린 모양이다. 당장 한국도 IPCC에 참여해달라는 국제적인 압박을 받고 있는데, 환경보호라는 선하지만 막연한 취지로 무작정 참여하기엔 그 부담이 상당하다. CO_2 배출 줄이기에 주

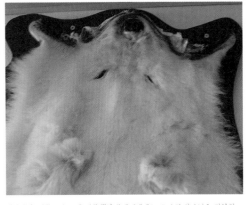

북극곰은 지금보다도 더 따뜻했던 중세시대에도 무사히 살아남은 강인한 동물이다. 현재의 지구온난화가 북극곰을 멸종시킬 것이란 추상은 북극곰의 적응력을 지나치게 무시하는 발언이 아닐까.

력하는 것이 과연 지구 환경 보존에 얼마나 도움을 주는지 꼼꼼히 따져보아야 할 시점이지만, 지구온난화가 CO_2 때문이 아니라는 주장이 곧 환경오염 좀 시켜도 괜찮다는 의미로 왜곡되어 받아들여지고 있는 현재의 분위기 속에서, IPCC에 관해 신중한 입장을 취하려다 자칫 국제사회가 한국 정부에 '환경 파괴의 주범'이란 딱지를 붙여버리지는 않을까 두렵다.

정보는 매일매일 쏟아져 나온다. 그들은 연구 결과나 통계, 여론 등 그럴듯한 말을 달고 나타나 자신의 입장을 호소하고 설득한다. 나는 과연 그중 어느 것이 진실이고 참인지 가려내고 읽어낼 능력을 갖추었는가. 그린란드를 방문하여 현장을 직접 살펴보고 온난화에 대해 내 나름의 결론을 내릴 만한, 지금 같은 행운은 매번 찾아오지 않으며, 대세를 따라 표류하기란 너무나 쉽다. 나는 내 머리로 생각하고 내 머리로 판단하는, 다소 불편한 삶을 감당할 자세가 되어 있는가.

북극의 ■ ■
다이아몬드,
빙하 ■ ■ ■

"영겁을 거쳐 마침내 터져오른 기포를 따라 태곳적 물이 녹아난다. 톡… 토독… 세월을 거슬러 공기방울이 내는 수천 년 전의 소리. 술 한 잔에 지구의 역사가 찰랑거린다."

묘사 한번 거창하다. 실은 그냥 바다에 떠다니던 얼음 조각 하나 건져다 술을 부어 마신 것에 불과하지만, 내 마음은 천 년의 시간을 단숨에 음미한 양 설렌다. 그린란드 얼음의 연령대는 수십 년부터 수십만 년까지 다양하다. 내가 건져 먹은 얼음이 오십 살짜리인지 오천 살짜리인지는 알 수 없는 노릇이나, 자글자글 소리를 내며 터져 끓어오르는 기포 소리만큼은 몇 살짜리인지 관계없이 일품이다. 저 먼 발치로부터는 더운 날씨에 와르르 녹아내린 빙하가 새로운 수십 년짜리 혹은 수십만 년짜리 빙산과 얼음 조각들을 바다 위로 토해내는 묵직한 꿍음이 아득히 찾아들고, 나는 북극의 시간에, 북극의 소리에 자꾸만 취해간다.

기괴한 생김새의 빙산들, 말 그대로 빙산의 일각이다.

그린란드의 아름다운 자연

이렇듯 특별하지만 또한 이곳 천지에 널리고 널린 게 얼음이다. 그린란드는 전체 면적의 80퍼센트가 일 년 내내 얼음으로 뒤덮여 있다. 규모는 290만 입방킬로미터, 면적은 180만 평방킬로미터, 평균 두께는 3킬로미터에 달하며 이는 남극 대륙 얼음에 이어 세계에서 두번째로 큰 덩치다. 그린란드 내륙 얼음은 약 25만 년 전부터 생성되어 마지막 빙하기의 끝 무렵인 1만 7000년 전 지금의 크기로 줄어들었다고 알려져 있다. 현재는 매년 600입방킬로미터의 눈이 내륙 얼음 위에 새로 축척되고 또 그만큼의 얼음이 떨어져나가며 그 크기를 유지하고 있다. 현대에 들어서 세계적인 물 부족 현상이 심각해지고, 그린란드의 얼음이 지구상의 민물 중 8퍼센트가량을 품고 있다는 연구 결과가 발표되자, 그린란드 빙산은 선박이나 좌초시키는 천덕꾸러기에서 가장 발전 가능성 있는 자원으로 재평가 받고 있다.

민물이라니, 바다 위를 떠다니는 빙산이 어째서 짜지 않단 말인가. 빙산은 바닷물이 얼어 형성된 것이 아니다. 땅 위에 몇백만 년간 눈이 내리고 매년 겨울에 내리는 눈의 양이 여름에 녹아 없어지는 눈의 양보다 훨씬 많다면, 누적된 눈은 엄청난 두께로 쌓이게 되고, 쌓인 눈의 아랫부분은 압력을 받아 단단한 얼음이 된다. 이렇게 생겨난 거대한 얼음덩어리는 자체의 무게와 중력을 이기지 못하고 높은 곳에서 낮은 곳으로, 즉 지대가 높은 내륙으로부터 지대가 낮은 해안 쪽으로 이동하게 되는데 이를 '빙하氷河, a glacier'라 한다. 빙하가 이동하여 연안에 다다르면 조차, 부력 등에 의해 물과 맞닿은 끝부분이 떨어져 나오는

데, 이 가운데 덩어리의 윗부분이 물 위로 5미터 이상 나오는 얼음을 '빙산氷山, an iceberg'이라 부른다. 즉, 빙산은 눈이 다져져 만들어진 얼음이기 때문에 전혀 짜지 않으며, '빙산의 일각'이란 표현에서도 알 수 있듯, 전체 크기의 90퍼센트를 수면 아래에 숨긴 거대한 덩어리 형태로 해류와 조류를 따라 외해로 떠돌다가, 난류지역에 다다르면 서서히 녹아 소멸된다. 1912년 타이타닉 호를 침몰시킨 것도 그린란드에서 생성되어 이렇게 외해로 떠내려간 빙산 중 하나였다.

빙하가 부녀져 내린 찰나.

빙산의 역할은 단지 미래의 민물 공급원에 그치지 않는다. 빙
하는 흘러내려오면서 강력한 침식 및 운반 작용을 하는데, 이때
빙하가 품고 내려온 흙은 빙산이 될 때도 함께 떨어져 나온다.
간혹 가다 보이는 시커먼 빙산들이 바로 이렇게 빙하에서 쪼개
져 나오면서 안쪽에 있던 흙이 드러난 것들이다. 이 흙 속의 영
양분은 바다 속 플랑크톤을 끌어들이며, 플랑크톤을 쫓아 새우
가, 새우를 뒤쫓아 넙치와 대구, 바다표범, 바다코끼리, 고래, 그
리고 북극곰까지—빙산 주변에는 작은 생태계가 형성된다. 언
뜻 황폐하게만 보이는 그린란드에 놀라우리만치 다양한 동물군
이 존재하는 것도, 사냥과 어업이 성행할 수 있는 것도 다 빙산

덕택이다. 또한 빙산은 빙하에 갇혀 있던 화석과 옛 지구의 흔적들을 드러내주기 때문에, 큰 빙붕이나 빙산이 떨어져 나올 때 가장 먼저 달려가 반기는 이들은 다름 아닌 과학자들이다.

1977년 사우디아라비아의 모하메드 알 파이잘 왕자는 연간 강수량이 100밀리미터밖에 안 되는 자국의 물 부족 사태를 해결하기 위해 1억 톤쯤의 빙산을 끌고 와서 국민들에게 식수로 제공하겠다는 야심찬 계획을 발표한다. 운송 거리는 1만5000킬로미터, 큰 배 6척이 선단을 꾸려 빙산을 예인하는 데 소모될 예상 시간은 자그마치 일 년. 그 계획은 결국 무산됐지만, 파이잘 왕자의 아이디어는 세계적 물 부족 현상의 해결책으로 빙하를 주목하게 하는 계기가 되었다. 이후 빙하의 식수화는 현실화되었고, 현재 캐나다, 아이슬란드, 에콰도르 등지에서 생산된 '빙산수'는 세계 각지로 팔려 나가고 있다. 만약 그린란드도 이 대열에 참여하게 된다면, 점점 커져가는 물 시장에서 청정지역으로 인정받는 그린란드의 네임 밸류와 막대한 양의 빙하자원을 바탕으로 안정적인 사업을 벌일 수 있을 것이다. 세계적인 웰빙 트렌드는 생수를 점차 고급화, 기호 음료화 시키고 있어 현재 빙산수, 해양심층수, 암반수 등은 '기능성 생수'라는 명목으로 일반 생수의 세 배 가격에 팔리고 있으니, 봉이 김선달 노릇도 이보다 알찰 수는 없다.

더불어 기똥찬 반전이 있다. 정작 그린란드는 빙산으로 물도 만들기 전에 술을 만들어 팔고 있었다, 그것도 아주 성공적으로. 남부의 작은 마을 나르삭Narsaq에는 2005년경부터 빙산을

맥주 얼음을 채취하는 장면

녹인 물로 맥주를 만들어온 '그린란드 브루하우스Greenland Brewhouse'가 있다. 독일에서 직수입한 보릿가루와 호프를 넣고 바다에서 채취해온 빙산 조각을 녹여 갓 만들어낸 '그린란드 비어'의 맛은? 한마디로 '끝내준다.' "무공해 청정수로 만들고, 대량생산 하지 않기 때문에 일반 맥주에 비해 맛이 훨씬 더 깔끔하다"는 맥주 공장장의 설명을 들으면서 시음했기 때문이 아니다. 실제로 그린란드에 머무는 동안 맥주 맛을 비교 분석하겠다는 일념하에 그린란드 비어와 덴마크 수입 맥주 '투보르그TUBORG'를 번갈아가며 부지런히 마셨는데, 확실히 그린란드 비어의 진하고 개운한 맛을 따라올 만한 것이다. 자국뿐 아니라 덴마크에서도 크게 호응을 얻으며 조만간 독일, 미국 등지로 수출할 계획이다. 연간 100만 리터의 생산 설비를 갖추고 있다지만 실제로는 공장장과 직원 한 명, 이렇게 달랑 둘이서 부지런히 소량 생산 중인 그린란드 비어의 활약은 그야말로 대단하다. 지구 반대편인 한국에서조차 그린란드 브루하우스 이야기가 방영되자, 수입하고 싶으니 현지 연락처를 알려달라는 시청자 문의가 몇 번이나 들어오는 걸 보면, 그린란드는 앞으로 생수 사업 못지않게 맥주 사업에도 심혈을 기울여야 할 것 같다.

노을빛에 빙산에 비친 배 그림자.

맥주도, 생수도 좋지만 현재 그린란드 빙하와 빙산이 가져다 주는 가장 큰 수익은 역시 관광일 것이다. 그린란드 중부 일루리셋의 얼음 피오르드fjord(협만, 빙하로 만들어진 좁고 깊은 만)가 2004년 유네스코 자연문화유산에 등록되면서, 일루리셋은 그린란드에서 세번째로 큰 도시이자 가장 인기 있는 관광지로 떠올랐다. 총 길이 40킬로미터의 일루리셋 얼음 피오르드 중앙에 있는 폭 6킬로미터의 거대한 서멕 쿠얄렉Sermeq Kujalleq 빙하가 매일 생산해내는 빙산의 양은 20만 톤에 이르며, 이는 뉴욕 시

노을 아래 아름다운 빙산과 파란 빙산. 빙산은 대체 흰색이지만 그 색깔이 조금씩 다르다. 빙산은 얼음 안에 기포를 품고 있는데, 시간이 지나 기포가 빠져나갈수록 빙산의 흰색은 점점 푸른빛을 띠게 된다. 한편은 은 좋게 희귀하다는 파란 빙산, 한국의 가을 하늘보다 더 새파란 빙산도 봤다. 아마 이럴 게 파래지기까지 오랜 시간이 걸려 대다수의 빙산은 멀려 다 녹아버리기 때문에 보기 드문 게 아닐까 짐작해본다.

가 1년 동안 쓰는 물의 양에 맞먹을 정도다. 게다가 일루리셋 빙하에서 생산되는 빙산의 양이 그린란드 전체 빙산의 양 가운데 10퍼센트를 차지할 정도라니, 일루리셋Ilulissat(이뉴이트어로 빙산이라는 뜻)이라는 명칭이 무색하지 않다. 한 해 그린란드에 들어오는 1만6000명가량의 관광객 중 약 1만 명이 이곳 일루리셋을 방문하고 있다. 이에 국제공항을 신설하고 부대시설을 확충해야 한다는 목소리도 덩달아 높아지고 있다. 다만 그린란드의 다른 지역들과 마찬가지로 일루리셋의 관광업 역시 덴마크인들이 꽉 잡고 있어, 그 폭발적 인기가 실질적으로 지역 경제에 얼마나 보탬이 될지는 의문이다.

여름은 그린란드 빙하가 특히 아름다운 계절이다. 시시각각 붉은 기를 달리하며 살짝 저물 듯 다시 떠오르는 백야의 태양 아래 연한 살굿빛으로, 은은한 분홍빛으로 물드는 기이한 형상의 빙산들을 보며, '살아 있어서 다행이다, 눈이 멀지 않아서 다행이다', 감사한 마음에 숙연해졌다면 지나치게 감상적인 걸까. 집 안에 그림 세 점을 걸어둔 그린란드의 어느 농부가 바닷가를 향해 열린 창을 가리키며 "우리 집엔 그림이 네 점 걸려 있다"고 말한 것을 기억한다. 아무리 허름한 숙소라도 창문만 하나 뚫려 있으면 빼어난 빙하 절경 한 폭이 집 안을 밝혀, 그 사치스러움에 때론 한숨이 났다. 몇천 년간 매일 이런 풍경과 마주하며 이어져온 삶이란 어떤 것일까 상상하며, 감히 '빙하의 실재적 가치' 운운하던 입을 다문다. 수십만 년 동안 태연자약하게 변화하고 순환하며 우뚝 실재해온 그린란드 빙하 앞에, 인간의 삶이란 너무나 짧고, 미약하며, 또한 보잘것없다. 미래의 식수 공급원도 좋고, 청정수 맥주도, 태곳적 얼음도 좋다. 하지만 그린란드 빙하는 그 자체로, 그 존재감만으로도 충분히 주목받고 존중받아 마땅하다.

마 지 막
썰 매 개 의
오 열

죽어서 차라리 평온한가. 납작하게 눌린 강아지 시체가 모래톱에 박힌 채 쓰레기와 함께 파도에 휩쓸리고 있다. 가까운 민가와는 오십 보도 채 떨어지지 않은 위치였다. 근처 작은 섬 한켠에서는 썰매 끈을 휘감고 죽은 개 시체 한 구가 기온이 낮아서일까, 벌레도 냄새도 없이 삭아가고 있었다. 몸통이 반쯤 썩었는데도 희한하게 얼굴은 고스란히 남아 있어 더욱 안쓰러웠다. 그린란드인들은 개를 돌보지 않는다. 그린란드 썰매개들은 태어나서 강아지일 적만 좀 자유로이 돌아다니다가, 크고 나서는 비가 오나 눈이 오나 1년 365일 야외에 묶여 지낸다. 이틀에서 사흘에 한 번꼴로 굶어 죽지 않을 정도로만 먹이를 얻어먹고, 여름이 지나면 다음 여름이 올 때까지 얼음 위에서 죽도록 썰매를 끈다. 꾀를 부리거나 잘 달리지 못하면 채찍이 날아오고, 도중에 다치거나 힘이 빠지면 그대로 버려진 채 죽는 경우가 허다하다. 평균 수명은 5년 남짓. 동물 보호론자들

처참한 강아지 시체.

이 보면 치를 떨고도 남을 상황이다.

　여름 한철이 지나면 온 땅과 바다가 얼어붙어 개썰매 없이는
이동도 사냥도 할 수 없는 이곳에서, 개를 묶어두고 지키지 않
으면 내가 살아남지 못한다. 배가 불러 힘이 남으면 서로 싸워
물어 죽이기 때문에, 겨우 생존할 만큼만 먹이를 준다. 혹독한
추위가 생사를 위협하는 가운데 썰매를 달리면서 다친 개를 돌
보거나 죽은 개를 따로 거둘 여유가 생길 리 만무하다. 오히려
나와 나머지 개들의 안위를 위해서는 뒤처진 개는 버리고 한시
바삐 목적지로 걸음을 재촉해야 한다. 이들 썰매개는 야성을 고
스란히 간직한 그야말로 '야수들'로, 애완용이 아니며 그렇게
될 수도 없다. 그린란드인들이 썰매개들을 굶기고 채찍질하는
것은 야생마에게 재갈을 물리고 안장을 얹는 것과 비슷하다. 개
들은 썰매를 끌고, 사냥감의 냄새를 맡아 사냥을 돕고, 마을로

들어온 북극곰이나 낯선 이들을 향해 사납게 짖으며 주인에게
충성하고, 주인은 그들을 거두고 먹인다. 모진 환경 속에서 살
아남기 위해, 모진 사람들과 모진 동물들은 비가 오나 눈이 오
나 그렇게 몇천 년을 서로에게 적응해왔다.

　통칭 '썰매개'라 불리는 이 개들의 정식 명칭은 '그린란드견
Greenland dog.' 생김새가 시베리안 허스키나 말라뮤트와 비슷하
지만 엄연히 하나의 독립된 종으로, 몸 길이가 1.5미터에 못 미
치고 무게는 50킬로그램 정도 나간다. 사납게 올라간 눈꼬리 덕
분에 실제로 보면 개보다는 늑대에 가깝다는 인상을 주는데, 아
닌 게 아니라 수십 마리의 개가 낮이고 밤이고 늑대처럼 고개를
꼴깍 젖힌 채 길게 울부짖는 통에 잠을 설친 날도 많았다. 야성
이 그대로 살아 있어 서로 격렬하게 싸울 때도 많은데, 주인이
잠깐 등을 돌린 몇 초 사이 개 한 마리가 다른 개를 물어 죽여버

리는 것을 눈앞에서 봤다. '개 조심' 하라던 현지인들의 말이 과연 실감이 났다. 대부분의 개싸움은 서열 때문에 일어나지만, 고래싸움에 새우등 터지는 격으로 곁에서 알짱거리던 애꿎은 강아지들이 죽어나가는 일도 종종 생긴단다. 그리고 이렇게 한번 피맛을 본 개들은 강아지들을 계속 죽이게 되는데, 몽둥이로 때려도 버릇을 못 고치면 총으로 쏴 죽여야 한다. 강아지에서 더 나아가 주인까지 공격할 수도 있기 때문이다.

개들 간의 서열관계가 분명한 만큼, 주인은 개들을 무자비하게 다루어 그들에게 주인인 자신이야말로 서열 1순위임을 끊임없이 주지시킨다. 잘못을 저지른 개는 딱 죽지 않을 만큼만 발길에 채이고 돌을 맞는다. 군기를 흩뜨리지 않기 위해 먹이 역시 서열 순서에 따라 준다. 개썰매 사냥을 나가지 않는 여름에는 생선을 잡아다가 통째로 혹은 반 토막 내서 개들 입에 하나씩 던져주는데, 이틀 만에 맛보는 생선을 씹지도 않고 순식간에 삼켜버리고선 더 달라고 발악하는 건 리더나 졸개나 똑같다. 서열관계는 특히 썰매를 끌 때 가장 잘 드러난다. 선두에 서는 리더를 따라 나머지 개들이 나란히 달리고, 주인은 달리는 개들의 양 옆으로 허공에서 커다랗게 원을 그리며 말을 듣지 않는 개의 등짝으로 "이리이리이리~" 하며 높고 날카로운 호령으로 채찍을 내려꽂는다. 그야말로 '개같이' 달리는데, 얼음이 단단할 땐 평균시속 20킬로미터 정도로 하루에 무려 250킬로미터까지 달릴 수 있단다.

그린란드견이 그린란드에 들어온 것은 지금으로부터

4000~5000년 전 사콰크Saqqaq 문화가 유입됐을 때라고 알려져 있다. 하지만 개썰매가 그린란드에서 이용되기 시작한 것은 11세기 무렵 캐나다로부터 툴레 문화가 전파되었을 때라는 게 정설이다. 그린란드가 서양 문물과 접촉한 이래 개썰매 제작에는 플라스틱, 철, 나일론 등 현대적인 재료가 쓰이기 시작했지만, 그 기본 방식과 기술만큼은 그때부터 변치 않고 내려온다. 고대 이뉴이트인들이 창안한 개썰매의 핵심 기술 중 하나는 바로 매듭이다. 적을 때는 대여섯 마리부터 많을 때는 열댓 마리의 개들이 썰매 하나를 끄는데, 그 수가 많다보니 이리 뛰고 저리 뛰다보면 자연히 개들을 묶은 끈이 서로 뒤엉키게 된다. 이를 방지하기 위해, 각 끈의 끝부분에 매듭을 지은 후 이들 매듭을 모아 또 하나의 큰 매듭으로 묶어 전체적으로 보면 부채꼴 모양을 만드는데, 매듭짓는 방식이 워낙 복잡한 터라 곁에서 지켜봐도 뭐가 뭔지 도무지 알 수 없다. 그런데 희한하게도, 꽁꽁 묶인 듯 보이는 저 매듭 하나만 쥐고 몇 번 세게 탁탁 털어내기만 하면 뒤엉켰던 끈들이 다 풀려버린다. 이는 추운 날씨에 손이 얼어도 쉽게 썰매를 통솔할 수 있는 비결이기도 하다.

여름을 제외한 계절, 그린란드 어부들은 얼어붙은 바다 빙판 위로 개썰매를 끌고 나가 얼음에 구멍을 뚫고 줄을 내려 생선을 낚은 후, 마을로 돌아와 이를 팔고 다시 돌아가 고기 낚는 과정을 반복한다. 여름내 모터보트와 카약을 동반하여 고래, 바다표범, 바다코끼리를 잡던 사냥꾼들 역시 바다가 얼면 개썰매 위에

원래 여름에는 얼음이 모두 녹아 개썰매를 탈 수 없지만 그린란드 디스코 만에 위치한 매머 타수아르 섬의
링마르스포렌Lyng marks bauer은 해발 955미터에 위지해 만년설이 덮여 있는 덕에 여름에도 개썰매를 탈 수 있다.
비록 조각은 오지 시만 절벽 위쪽으로 멀써부터 눈이 드문드문 보인다.

링마르스포렌으로 올라가는 길. 정상까지 모통 세 시간쯤
걸린다는 이 가파른 설벽을 완만한 일정 때문에 촬영 장비를
매고도 한 시간 만에 오르는 기염을 토했다.

모터보트와 카약을 싣고 사냥 여정에 오른다. 한번 사냥을 나가면 충분히 잡을 때까지 하늘의 별을 길잡이로 몇 날 며칠의 강행군이 계속된다. 오며 가며 자신들과 개들이 먹는 만큼을 사냥소득에서 제해야 하기 때문에, 무조건 많이 잡지 않으면 자칫 빈손으로 집에 돌아오게 되기 때문이다. 사냥길에 먹을 것이 부족하다는 것은 단순히 배가 고픈 문제가 아니라 체온이 급감한다는 것을 뜻하기에, 사냥꾼들은 개들을 평소보다 넉넉하게 먹이고 자신들도 배불리 먹으며, 제대로 요리할 상황이 아닐 경우 날고기라도 먹어 체력을 유지해야 한다.

마냥 신나고 재미있게만 보이는 개썰매이지만, 현지인들조차도 썰매에 앉을 땐 언제든 뛰어내릴 수 있는 자세를 고수한다. 동물을 이용한 수단이기에 변수가 많이 발생하기 때문이다. 한 마리라도 엉뚱한 방향으로 달리면 자칫 썰매가 전복되거나 눈 속에 처박힐 수 있다. 주인 없는 개썰매가 돌아오는 경우도 이따금씩 생긴다고 한다. 그런데도 그린란드인들이 여전히 스노모빌을 마다하고 개썰매를 고집하는 데는 그럴 만한 이유가 있다. 스노모빌은 운행 중에 고장이 나거나 연료가 떨어지면 손쓸 방도가 없지만, 개썰매는 개 한두 마리가 다친다 해도 나머지 개들이 있어 다소 느리게나마 집으로 돌아갈 수 있다. 먹이를 얻을 곳은 집밖에 없기 때문에 개들은 최선을 다해 귀환한다. 심지어 개 주인이 몸을 다치거나 기절해서 개들을 통솔할 수 없는 경우라도, 썰매 위에만 올라타고 있으면 어떻게든 집에 도착하게 돼 있다. 또한 무작정 돌진하는 스노모빌과 달리, 개들은

얼음이 녹아 위험한 곳을 먼저 감지하고 멈추어버리기 때문에
훨씬 안전하기도 하다. 따라서 스노모빌은 가까운 곳에 사냥을
갈 때, 산을 오를 때, 혹은 재미를 위해서 탈 뿐, 그린란드 전역
을 종횡무진하며 사람들의 삶을 보필하는 것은 예나 지금이나
개썰매다.

그 위풍당당한 개썰매가 질주하는 날보다 멈춰 서 있는 날이
더 많아지는 때를 상상해본다. 얼음이 언 날보다 녹은 날이 많
아지고, 개썰매를 끌 수 있는 날보다 그럴 수 없는 날이 많아지
는 시기를 한번 가정해본다. 사람들이야 어선을 끌고 모터보트
를 타며 계속 삶을 꾸려나가겠지만, 그 많은 썰매개들은 다 어
디로 가야 할까. 지금껏 개를 '학대'한 역사는 그린란드라는 특

북극이 아니라면 볼 수 없을 표지판 두 가지. 개썰매와 스노모빌 운행 가능 표지판.

수한 환경 때문에 어쩔 수 없었다지만, 몇백 년간 부지런히 부려먹더니 이젠 쓸모없어졌단 이유로 그대로 방치하거나 죽여버린다면 개들 입장에선 그야말로 통탄할 노릇이 아닐 수 없다. 전 세계 동물 보호론자들의 반발도 엄청날 것이고, 심지어 '도덕적 결함'으로까지 치부되어 장차 그린란드가 국제사회에서 목소리 내는 데 지장이 생길지도 모를 일이다(서구 유럽인들의 개 사랑은 유별나지 않은가). 하지만 별달리 무슨 뾰족한 수가 있을까. 필요도 없는 개들 먹여 살리는 데도 한계가 있고, 야생으로 되돌려 보낼 수도, 애완용으로 길들일 수도 없다. 결국 차례차례, 차곡차곡, 절멸을 맞이할 것이다. 사람보다 개가 더 많은 나라, 곳곳에 개똥이 나뒹굴고 어딜 가나 개 냄새가 진동하는 이곳 그린란드에서 온난화의 최대 다수의 희생자이자 가장 억울한 희생자는 아마 그린란드 썰매개들이 아닐까. 사냥 도중 쉬어 갈 만한 빙산이 자꾸 녹아 없어지는 바람에 북극곰들이 익사하고 있다는 소식도 이보다 더 비극적이지는 않다.

세상 끝까지 나를 추방하라

왜 하필 그린란드냐는 질문에 모두가 한 가지 답을 내놓았다. '자연.' 그린란드의 자연에 매혹되어 고향을 떠나 이곳에 터를 잡았다고. 그린란드 최북단 지역 까낙Qaanaaq에서 사냥꾼으로 수십 년째 살고 있는 덴마크인, 산악 전용 지프를 비행기로 공수해와 산악 전문 가이드로 캥거루수아크에 머물고 있는 또다른 덴마크인, 아버지에 이어 아들까지 일루리셋에서 관광사업을 하며 현지인과 가족을 이룬 이탈리아인들 모두 '행복'을 말했다. 때론 고되지만 자연과 벗 삼아 살 수 있어 행복하다, 팍팍한 도시생활에서 벗어나 이곳에서 안빈낙도한다고 한다.

그린란드의 자연을 만끽하며 인생을 느긋하게 즐길 수 있다면 도시의 편리하고 안락한 삶쯤은 기꺼이 버리겠노라 선뜻 말할 수도 있지만, 현실은 그리 호락호락하지 않다. 하루 종일 해가 지지 않는 여름 동안 불면증과 현기증에 시달리다가, 하루 종일 해가 뜨지 않는 겨울 동안의 고독과 우울을 견뎌내야 한다. 여름엔 모기와 파리가 들끓고, 겨울엔 영하 20도면 따뜻하다고 한다. 전체적으로 편의 시설, 위락 시설, 교육 시설이 퍽 열악한 편인데, 그나마 북동부 지방에는 최고급 호텔에마저 수세식 화장실이 없어 수세식 변기 속에 걸어둔 '배변봉투'에 볼일을 봐야 한다(배변봉투는 국가에서 무상 지급하며 다 채워진 봉투는 묶어서 야외에 내놓으면 수거해가거나 담당 수거인이 일주일에 두세 번씩 집으로 방문하여 직접 거두어간다). 동토이기 때문에 땅을 깊이 파는 데 한계가 있어 파이프를 설치할 수 없기 때문이다. 하루에도 몇 번씩 돌변하는 날씨와는 달리 아무 자극도 변화도 없는 지루한 일상은 사람을 실성 직전으로 몰고 가기도 한다. 이

쌩거투수아크의 전문 산악 가이드 비얄키. 덴마크에서 온 그는 그린란드의 자연을 사랑하여 이곳에 정착했다고 말한다.

지루함은 혹독한 추위와 어두움 때문에 집 밖으로 한 걸음도 나올 수 없는 날이 잦은 기나긴 겨울 동안 극에 달하는데, 사람들은 집집마다 산더미같이 쌓아둔 DVD를 보며 마음을 달래다가도 그 견딜 수 없는 침울함에 때로 폭력적이거나 비정상적인 행동을 보이곤 한다. 심지어 이 '계절적 감정 장애'를 따로 지칭하는 단어— '부담' 혹은 '짐'이라는 뜻의 '페레로르네크perlerorneq'—가 있을 정도여서, 적지 않은 수의 이주정착민들은 매번 만만치 않은 비용을 들여서라도 계절에 따라 자기 나라와 그린란드를 오고 가며 삶을 버텨낸다.

잇코 우시마 씨는 그러나 좀처럼 고향으로 돌아가지 않았다. 서른 살에 일본 도쿄에서 그린란드로 건너와 벌써 환갑을 넘겼건만, 그가 그동안 일본을 방문한 것은 단 세 번뿐. 일본이 그립

각지의 사냥꾼 겸 관광 가이드 한스. 역시 덴마크에서 왔으며, 그린란드 여인과 결혼하여 이곳에 정착한 지 벌써 수십 년째다.

지 않느냐는 질문에도 어머니가 아직 살아 계시니 뵈러 가고 싶다면서도 잘 모르겠어요, 하고 허허 웃어버린다. 복잡하고 시끄러운 일본을 등지고 조용한 곳을 찾아 북쪽으로, 북쪽으로 올라오다가 마침내 그린란드까지 오게 되었고, 그린란드 내에서도 최북단 마을인 인구 100명 안팎의 시오라팔루크Siorapaluk에 자리를 잡아 그린란드인 아내와의 사이에서 5명의 자녀와 7명의 손자까지 두었다. 이 물설고 척박한 곳에 사는 게 고되지 않느냐고 묻자, 그는 자연 속에서 사냥하며 사는 삶이 자신에겐 가장 적합하다고 답했다. 그린란드 전통 발효음식인 키비오크(깃털을 제거하지 않은 바다쇠오리를 바다표범가죽으로 만든 부대에 넣고 돌무더기로 덮어두었다가, 몇 개월이 지나 발효가 되면 꺼내어 깃털을 벗겨내고 먹는 그린란드 전통 음식. 그린란드 태생의 가장 위대한 탐험가라고 일컬어지는 크누드 라스문센이 키비오크를 잘못 먹어 식중독으로 죽었다는 루머도 있다)를 만드는 데 묵묵히 열중한다. 이렇듯 현지의 삶을 고수하면서 만족을 찾으려 하기에, 낯설디낯선 동양인이지만 그는 이곳 그린란드에 제법 자연스레 녹아들 수 있었다.

여느 그린란드인 못지않게 그린란드식으로 살아왔지만, 그에겐 우리가 흔히 '일본인답다'고 표현하는 특성들 역시 고스란히 남아 있었다. 그린란드인들이 한 차례 사냥을 나갈 때 그는 열 차례 사냥을 나갔고, 그들이 하루에 100마리의 바다쇠오리를 잡을 동안 그는 1000마리를 잡았다. 나이가 들어 체력이 예전

같지 않은 지금도 그는 매일 펭귄을 꼭 닮은 그 새들을 500마리씩 잡아와 키비오크를 몇 무더기나 만들어놓는데, 당장 배고프지 않으면 일할 필요성을 느끼지 못하는 수렵 문화 특유의 전통을 이어온 그린란드인들 눈에는 이런 그의 근면성이 오히려 괴팍하게 다가오는 모양이었다. 또 그는 그린란드의 전통적 사냥 방식에서 더 나아가 자신만의 독특한 사냥법을 창안해 더 많은 바다쇠오리를 손쉽게 잡고 있었다. 하늘을 새까맣게 뒤덮고 날아다니는 바다쇠오리 떼를 바위 뒤에 숨어서 지켜보다가 재빨리 커다란 포충망 같은 것으로 낚아채고, 잡힌 새들은 바로 날개를 휘감은 후 숨통을 눌러 즉사시킨다. 언뜻 쉬워 보이지만 보기보다 만만찮은 일이라며 겸손하게 웃는 그의 얼굴에, 타국의 문화와 기술을 거침없이 받아들여 그 위에 자신들만의 색깔과 아이디어를 덧대는 전형적인 일본인 이미지가 겹쳐졌다. 무엇보다도 그는 항상 환하게 웃었고, 친절했다. 물론 그린란드인

들도 잘 웃고 퍽 정답지만 그것이 호의와 호감에서 자연스레 묻어나는 느낌이라면, 우시마 씨의 미소와 행동은 흔히 외부인들로부터 '매우 깍듯하고 친절하지만 속내를 알 수 없다'고 평가되곤 하는 일본인들의 그것에 가까운 듯 여겨졌다.

일본어로 자기소개를 해줄 수 있겠느냐는 부탁에 너무 오랜만이라 어색하다며 다소 먹먹해진 목소리로 그러나 끝까지 최선을 다해 말을 맺고는, 행복하냐는 마지막 질문에 잠시 뜸을 들이더니 '그러길 바란다'며 미소 짓는 그의 모습에 가슴 한구석이 싸하게 가라앉았다. 그는 왜 그 오랜 세월 동안 겨우 세 번밖에 고향 땅을 찾지 않았던 걸까. 어쩌면 찾지 않았던 게 아니라 찾을 수 없었던 게 아닐까. 낯선 환경에서 살아남기 위한 최선의 전략은 현지인들보다 더 현지인처럼 사는 것이다. 한시바삐 내 삶을 현지화하지 않으면 언제까지나 '익숙하지 않은 일상'을 영위하며 향수에 시달리게 된다. 일본과는 전혀 다른 이

그린란드의 일본인 사냥꾼 짓코 우시마씨가 그의 집 뒤쪽 바위 절벽에서 자신이 개발한 그물망으로 바다쇠오리를 사냥하고 있다.

돌무더기 밑에 파묻어두었던 바다표범 가죽 부대를
꺼내 열고 있다.

바다표범가죽 부대에 바다쇠오리 들을
통째로 우겨 넣고 있다.

다 넣고 난 후엔 실로 꿰매어 단단히 봉해 다시
바위 아래에 꽁꽁 묻는다.

곳에 혈혈단신 도착한 그 역시, 온전히 정착하기까지 일부러라도 일본적인 것은 피해가며 그린란드에 정을 붙이려 악착같이 노력했을 것이다. 그런 그에게 일본을 방문한다는 것은 이제 막 익숙해지려는 새 정착지의 일상을 뒤흔들 수도 있는 시험이 아니었을까. 그래서 수시로 고국을 드나드는 덴마크인들과는 달리, 그는 가슴속으로 밀어닥치는 그리움이 도무지 감당되지 않을 때에야 겨우 한 번씩 일본을 찾았던 것은 아닐까.

왜 일본을 떠났느냐고 군이 파고들어 묻지 않았다. 그도 그저 '일본엔 자신의 자리가 없고, 일본에선 행복하지 않을 것'이라 말하는 정도로 입을 다물어버렸다. 그 이유야 무엇이었든 간에, 그는 자발적으로 이역만리 그린란드에 들어왔고 인생의 절반을 여기서 보냈다. 그러나 그는 여전히 일본인이다. 때론 그린란드인들보다 더 그린란드인 같지만, 그는 여전히 '그린란드인'이 아닌 '그린란드의 일본인'일 뿐이다. 아무리 일본에서 먼 곳으로 떠나도, 아무리 일본으로부터 오래 떨어져 있어도, 일본인이라는 정체성은 그를 그림자처럼 따라다닌다. 그 그림자의 무게가 못내 익숙하여, 차마 그에게 묻지 못한 질문을 혼자 삼켜본다. 무엇이 당신을 이 먼 곳까지 불러냈느냐고 혹은 밀어냈느냐고. 당신도 도망쳤던 거냐고. 당신도 혹시 도망쳐온 곳이 도망쳐 나온 곳과 똑같이 변해버리는 절망을 느끼지는 않았냐고.

한국이 싫었다. 남들과 비슷해지려 안간힘을 쓰지 않으면 안 되는 한국에서의 피곤한 삶, 오지랖 넓은 것을 '정'이란 단어로 치환해버리는 한국인들과의 끈적끈적한 인간관계, 도전하기보다는 안주하라고 충고하는 한국사회의 보수성이 지긋지긋했다. 한국 땅을 떠나면 모든 것으로부터 자유로워질 것 같아, 언제나 더 먼 곳, 더 낯선 곳을 꿈꾸며 닥치는 대로 여행을 떠났다. 하지만 세상 어디를 가도 한국을 벗어날 수가 없었다. 처음엔 그게 여행지 곳곳에서 마주치는 한국인 여행객들, 세계 어느 오지 구석에도 자리 잡아 살고 있는 한국 교민들 때문이라 생각했는데, 그게 아니었다. 원인은 바로 나였다. 내 안에 한국이 있고, 한국의 문제들이 내 안에 있었다. 남들과 비슷해지려 안간힘 쓰는 것, 정이란 이름으로 오지랖 넓게 구는 것, 도전이 두려워 마냥 안주하려는 것은 바로 나였다. 부모로부터 물려받은 살과 피를 부인할 수 없듯, 한국에서 나고 자란 내게 그 지긋지긋한 것들이야말로 나라는 사람을 빚어낸 유전자요, 나를 구성하는 세포였다. 세상 그 누구도 자기 자신으로부터 벗어날 수는 없다. 내 안에 한국이 있는 한, 세상천지 어디를 간들 한국에서 사는 것과 마찬가지라는 끔찍한 결론은 이미 처음부터 내려져 있던 것이었다.

왜 하필 그린란드냐는 질문을 스스로에게 던져본다. 나는 왜 그린란드에 오고 싶어했을까. 내가 갈 수 있는 가장 먼 나라, 내가 상상할 수 있는 가장 낯선 땅에서 나는 무엇을 확인하고 싶었던 걸까. 도망치듯 떠나는 여행은 아무런 힘이 없다는 걸 이제는 안다. 버릴 수 없다면 어떻게든 보듬어 안고, 피할 수 없다면 정면승부를 겨루는 게 삶을 사랑하는 방법이라는 것도 안다. 하지만… 그래도 한번쯤은 확인하고 싶었나보다. 이대로 영영 도망치는 게, 정말 불가능한 것인지. 나를 나라고 규정짓는 모든 속박에서 벗어나는 건 정말 부질없는 꿈일 뿐인지. 세상 끝으로 나를 쫓아냈다. 그곳에서 만난 이에게 진실을 물었다. 그러나 모두 버리고 가장 멀고도 낯선 땅으로 스스로를 추방했던 그조차도 끝내 자기 자신으로부터 자유로워지지 못했다.

바다쇠오리는 펭귄을 꼭 빼닮았다. 펭귄은 날지 못한다. 그러나 바다쇠오리는 난다. 저와 닮은 바다쇠오리의 비상을 보고 저도 날 수 있을 거라 생각했던 펭귄이 있다. 저와 닮았지만 하늘을 날 줄 아는 바다쇠오리의 날개에 자꾸만 그물을 던지던 펭귄이 있다. 하늘을 자유로이 누비던 바다쇠오리가 무려 '포충망'에, 너무나도 허망하게 걸려든다. 그렇게 꾸역꾸역, 바다쇠오리들을 잡아들인다. 그러나 아무리 잡아들인들 펭귄은 바다쇠오리가 될 수 없고, 펭귄은 날지 못한다.

하늘이 새까맣도록 날아오르는 수천 마리의 바다쇠오리 떼.

일각고래가
그들에게 ■
의미하는 것

그중에 제일은 일각고래라. 흰고래, 밍크고래, 혹등고래, 범고래, 세상에서 가장 큰 고래인 흰수염고래를 제쳐두고, 그린란드 사람들이 가장 선호하는 고래는 일각고래다. 왜냐고 물으니 "제일 맛있어서"라는 단순한 대답이 돌아온다. 위도 70도 이남에서는 거의 발견되지 않는 일각고래는 희끄무레한 몸체에 등 부분을 중심으로 짙은 색의 반점이 있고, 수컷의 무게는 1.5톤, 암컷은 1톤까지 나간다. 4~6미터의 고래치곤 비교적 작은 몸체에 붙은 2~3미터의 긴 나선형 뿔은 사실 뿔이 아니라 수컷 일각고래의 이빨 두 개 중 하나가 위턱을 뚫고 나선형으로 자라난 것으로, 이빨이 두 개인데도 한 개만 뚫고 올라오는 이유는 일각고래의 머리뼈가 비대칭이기 때문이다(일각고래는 먹이에서부터 생활반경까지 아직도 많은 부분이 베일에 싸여 있고, 뿔의 기능에 대한 의견도 분분하다. 대체로 짝짓기 시즌에 수컷들이 서로 뿔의 길이를 견준다고 알려져 있으나, 하버드 대의 마틴 뉴이아 박사는 일각고래의 뿔에는 유체운동을 할 때 필요한 센서가 있어 일종의 내비게이션 역할을 한다고 주장한다. 그에 따르면 이 센서에는 촉각능력도 있는데, 뿔 표면에 연결되어 있는 작은 신경들은 뿔 중앙의 중심신경으로 모두 연결되어 네트워크를 이룬 채 물속에서의 온도 변화와 압력, 물 염도의 미세한 차이까지 감지할 수 있다고 한다).

일각고래의 뿔은 한때 유니콘이 존재한다는 증거로 받아들여지곤 했다. 13세기 무렵 그린란드 남부지역에 살던 바이킹들을 통해 처음 일각고래의 뿔을 접한 유럽인들은 이를 유니콘의 뿔이라 생각하여 귀히 여겼는데, 거기에 유니콘의 뿔이 남성들의 생식력을 돋운다는 믿음까지 더해져 곧 일각고래 뿔 가치는 같은 무게의 금값의 20배로 치솟기에 이른다. '영국 엘리자베스 여왕이 당시 성 한 채 값인 1만 파운드짜리 유니콘 뿔을 받았다'는 일화가 있을 정도니, 일각고래가 그린란드 바이킹과 북유럽인들 사이의 주요 무역 물품으로 자리잡고, 몇 세기 동안이나 무분별한 사냥의 희생양이 된 것은 당연한 수순이었다. 지금도 일각고래의 뿔은 킬로그램당 3000크로네, 한국 돈으로 70만 원 되는 고가로 팔리기 때문에, 드물게 뿔이 두 개 모두 뻗어난 일각고래가 잡힐 때면 사냥꾼들은 싱글벙글하며 기념사진을 찍곤 한다.

그린란드 최북단 까낙지역은 일각고래 사냥에 여전히 카약과 작살을 활용한 전통적 사냥법을 고수하고 있는데, 이는 전통에 대한 자부심이기도 하고, 실용적인 이유 때문이기도 하다. 무작정 총으로 쏴버리면, 상처가 가벼울 경우 고래가 잠수해 그대로

도망가버리는 수가 있고, 명중된 경우엔 미처 건져올리기 전에 가라앉아버리는 수가 있지만, 작살에 꽂힌 일각고래는 작살과 연결된 끈 끄트머리에 묶인 부표(전통적인 부표는 물개 가죽으로 만드는데, 호스를 달아 풍선처럼 공기를 불어넣었다 뺐다 할 수 있다) 때문에 잠수하지도, 가라앉지도 못한다. 또한 소음에 민감한 일각고래는 멀리서라도 모터 소리가 들리면 곧장 달아나버리기 십상이라, 사냥터까지는 모터보트로 이동하더라도 막상 사냥을 나갈 때는 카약을 타야 한다. 가볍고 빠르며, 중심이 낮아 물살에 쉽사리 휘둘리지 않을뿐더러, 뾰족한 유선형 몸체가 움직일 때의 파동을 최소화시켜 인기척 없이 일각고래에 접근하게 해주는 카약 qajaq은 그야말로 '이뉴이트 사냥 지혜의 결정체'라 할 수 있다.

99퍼센트의 인내심이 일각고래를 잡는다. 일각고래 떼가 나타날 만한 길목에 진을 치고 앉아 그저 하염없이 기

사약은 '남자들의 배'라는 뜻으로 일인용 보트다. 길이가 3미터가량 되며, 카약의 작은 구멍에 들어가 다리를 펴고 앉으면 음짝
달싹못할 정도로 몸이 좁다. 예전엔 바다표범 가죽으로, 오늘날에는 주로 합성 수지로 만들어 방수가 되며, 구멍 주변에는 적문
의 가죽이나 합성수지가 있어 카약 안에 물이 들어가지 않게 허리 부분을 감싸 맨다. 그린란드 사냥꾼들은 카약이
물살에 뒤집히면 물속에서 180도 회전하여 뒤집힌 카약을 다시 일으킬 줄 안다.

다리고, 혹여 나타나더라도 승산이 없을 듯싶으면 그대로 물러
나 다음 기회가 올 때까지 며칠이고 기약 없는 기다림이 계속된
다. 사냥꾼들과 함께 까낙에서 두어 시간 배를 타고 나아가, 일
각고래가 많이 잡힌다는 잉글필드 피오르드 부근 무인도에 사
냥 캠프를 차린다. 이제나 올까 저제나 올까 조바심을 내는 우
리와는 달리, 사냥꾼 닐스와 일랑우악은 일각고래 뿔에 칼날을
붙여 만든 작살을 뾰족하게 다듬고, 나무로 만든 노 끝을 날카
롭게 갈아내며 우직하게 기다릴 따름이다. 그네들은 이따금씩
높은 곳에 올라가 망원경으로 일각고래의 향방을 쫓다가, 영 올

기다림에 지쳐······

기미가 없으면 텐트에 들어가 쪽잠을 자거나 끊임없이 먹고, 수다를 떨고, 게임을 하고, 헐벗은 언니들 사진 잡지를 보며 무료함을 달랜다. 그들과 함께 그렇게 매일매일을 백주백야 하릴없이 보내다보니, 시각은 커녕 밤낮 구별, 심지어 날짜 감각조차 사라져버렸다. 그저 스물네 시간 따가운 햇살 아래 망부석처럼 서서, 저 명경 같은 수면을 어서 다시 일각고래의 뿔이 흩어놓기만을 간절히 빌고 또 빌 뿐이다.

세월아 네월아 늘어져 있다가도, 잡아볼 만한 상황이다 싶으면 사냥꾼들은 물 찬 제비마냥 카약을 저어 일각고래 떼에 따라붙어 기회를 엿본다. 그러나 작살은 단 한 방, 작살의 사정거리는 4~5미터에 불과하기 때문에 쉽사리 시도할

사냥꾼들의 텐트. 바닥에 돌멩이더미도 많고 습기도 많아 자물타 짐낭은 필수품목이다. 섬에서 캠프를 탈 때면 냄비에 바다에 떠다니던 빙붕을 건져 난로에 녹여 민물을 구한다.

거울 같은 수면.

일각고래의 뿔, 사람 키만 하다.

수 없다. 게다가 한 손으로 요동치는 카약을 통제하면서 다른 한 손으로 작살을 던지는 건 결코 쉬운 일이 아니다. 입이 바짝 바짝 말라온다. 도대체 몇 번째 시도하는 건가. 이번만은 제발 작살을 딱! 꽂아주길. 작살만 꽂히면 모터보트로 부표를 느긋하게 뒤쫓아가, 총으로 일각고래의 마지막 숨통을 끊은 후, 배에다 묶어 끌어다가 육지로 올리고… 그러면 이 지긋지긋하다 못해 돌아버릴 것 같은 사냥 여정도 일단락될 텐데. 그러나 하늘도 무심하시지, 물살과 햇살을 자르고 반짝반짝 빛을 내며 나아가던 뿔 떼가 어느덧 먼빛으로 사라져버린다. 불운한 사냥꾼 닐스는 이번에도 어김없이 작살 꽂을 기회를 놓쳐버리고, 우리는 한숨을 푹푹 내쉬며 도대체 며칠째 허탕을 치고 있나 이미 잃어버린 날짜를 손가락으로 꼽아본다. 시름에 잠겨 모두들 말을 잊고, 파도마저 잦아들어 적막하기 그지없는 무인도에 일각고래 무리의 숨 뿜어올리는 소리와 전자음악 같은 신비한 일각고래 울음소리만 아득하게 찾아든다.

　일주일이 넘었다. 그동안 제대로 씻지도 못했다. 식량도 다 떨어져간다. 일각고래가 나타날 만한 곳을 찾아 이리저리 캠프를 옮겨봐도 별 소득이 없다. 여정 초반, 사흘 안에 일각고래를 잡겠다며 큰 소리 쳤던 닐스와 일랑우악은 미안한 표정으로 그만 철수하잔다. 패잔병처럼 배에 몸을 싣고 돌아가는 길에, 저 멀리 또다른 무인도에 갈매기 떼가 요란하게 날아드는 모습이 보인다. 가까이 가보니 일각고래 사냥에 성공한 다른 사냥 캠프

왜소한 일각고래 앞에 사냥꾼들이 서 있다. 이누이트의 전통 식단은 열량 섭취 칼로리의 75퍼센트를 지방에서 얻을 정도로 고지방·고단백이며, 탄수화물 비율이 지극히 낮다. 그러나 인류학자 빌햐무르 스태판슨의 연구에 따르면, 영양소가 불균형한 듯한 이 식단이 이누이트들은 물론 서양인인 자신의 건강에도 아무런 해를 끼치지 않았으며, 특히 비타민 C는 고래 껍질, 바다표범의 생간 등에서 충분히 공급받을 수 있었다고 한다.

다. 그것도 두 마리나. 속이 쓰려오지만, 이렇게나마 일각고래를, 그리고 일각고래 해체과정을 볼 수 있으니 얼마나 다행인가. 먼저 몸체를 토막내더니, 머릿살을 도끼로 조심스레 쪼아내며 2미터는 거뜬히 되어 보이는 뿔을 걷어낸다. 작은 칼로 머리 부분 껍질 층을 한 조각 베어내더니, 굵은 소금을 발라 우리에게 건네며 최고의 별미라고 호들갑이다. 아닌 게 아니라, 두꺼운 피하지방이 무척 부드럽고 고소하다. 맛

현대 미술가들이 자고 흑의 길가 바위에 새긴 고래벽화 작품. 일각고래가 선두에 있다. 그만큼 고래, 특히 일각고래는 그린란드의 일상에선 빼놓을 수 없는 존재이다.

있다고 칭찬하니, 맛있을 뿐 아니라 예로부터 야채가 부족한 이 땅에서 비타민 C와 셀레늄 공급원으로 기능해왔기 때문에 전통적으로도 아주 중요한 음식이라며, 자신들이 일각고래를 잡는 것은 단지 뿔을 얻기 위한 게 아니라고 다시 한번 강조한다.

한국에서 소가 그러하듯, 그린란드인들에게 일각고래는 어디한 구석 버릴 부위 없는 동물이었다. 옛 이뉴이트들은 껍질과 고기, 내장은 모두 먹고, 뼈는 집을 지을 때 골조로 쓰거나 개썰매의 날을 만드는 데 썼으며, 수염은 엮어서 바구니를, 폐의 세포막으로는 북을 만들고, 기름은 불을 밝힐 때 썼다. 한국인들이 쇠고기를 고기 중 최고로 치듯 그린란드인들도 일각고래 고기를 최고로 치고, 우리가 잔칫상에 한우등심을 내듯 그들은 잔칫상에 일각고래 껍질을 낸다. 농사를 지었던 한민족에게 소는 제물이자 재산, 노동력이자 농경문화의 중심이었던 것처럼, 몇천 년간 사냥을 하며 살아온 그린란드인들에게 일각고래란 우리네 문화 속 '소' 같은 것이 아니었을까. 그렇다면 이들의 일각고래 사냥을 무조건 반대하는 것은, 그린란드 고유 문화를 무작정 깔아뭉개는 거나 다름없지 않을까. 현재 그린란드인들은 '지속 가능한' 일각고래 사냥을 위해 그들 나름대로 노력을 기울이고 있다. 일각고래를 잡으려면 먼저 정부로부터 허가장을 발급받아야 하고, 잡은 후엔 그 지역 경찰관에게 보고해야 한다. 만약 밀렵을 하다 적발되면 많은 액수의 벌금을 부과되며, 고기는 압수되어 양로원에 기부된다. 최근엔 쿼터제도 도입되어 일인당 일각고래를 잡을 수 있는 숫자 역시 제한된다.

그런데도 일각고래의 개체 수가 계속 줄어들고 있다는 보고가 끊이질 않는다. 남획 때문이라는 주장이 여전히 가장 큰 목소리를 내는 가운데, 그 외에도 여러 가지 외부적 요인이 그 근거로 제시되고 있다. 지구온난화로 대부분의 그린란드 바다의 해빙이 줄어들고 있지만, 일각고래의 겨울 서식처인 배핀 만 Baffin Bay에서는 오히려 점점 늘어나고 있어, 그 주변에 머물던 일각고래들이 길목을 막고 생겨난 해빙 때문에 꼼짝없이 갇혀 굶주리는 경우가 발생한다고 한다. 연안에서만 행해지던 넙치 어업이 점점 원해로 뻗어나가면서 일각고래가 먹을 몫까지 휩쓸어간다는 지적도 있다. 결국 무조건 덜 잡는 게 왕도는 아니 며 좀더 다각적인 접근이 필요하다는 이야기인데, 그린란드인 들이라면 일각고래 고기의 살살 녹는 맛을 대대로 전하기 위해 서라도 응당 이에 앞장서야 하지 않을까.

그린란드 바다에는 뿔 달린 고래가 산다. 뿔 달린 말 따위보 다 훨씬 기발하고 신비롭다. 현실이 상상을 가뿐히 뛰어넘어버 리는, 이다지도 기이한 생물체. 정말로 조물주가 있다면, 퍽 재 미있는 분이시리라. 잊지 못할 것이다. 고요한 바다 위로 가냘 프게 공명하던 그 울음소리, 물을 가르며 햇빛보다도 더 반짝이 던 뿔……. 그린란드도 사람 사는 곳이라, 사는 꼴이 다 비슷한 데에 적잖이 당황하던 나는, 이렇게 다시금 북극의 낭만을 되찾 는다. 미지의 땅, 환상의 세계, 그린란드. 그다지 바람직한 시각 은 아니나, 바람직하지 않은 꼭 그만큼이나, 달콤하다.

바 다 표 범 ,

그 린 란 드 를

사 냥 하 다

귀여운 게 죄다. 너무 귀여운 나머지, 일부 감수성 풍부한 사람들의 눈 먼 열정을 유발해버렸으니. 바다표범 남획에 반대하여 그린피스와 국제동물복지기금이 1964년부터 시작한 바다표범 모피 반대운동은, 20여 년간의 꾸준하고도 선정적인 홍보활동과 브리짓 바르도, 폴 메카트니 등 유명 인사들의 참여 덕분에 마침내 1983년 유럽경제공동체의 '유럽 내 바다표범가죽 수입금지 협약'이란 쾌거를 거둔다. 이는 바다표범 가죽 수출에 국가 경제를 의존하던 그린란드에 커다란 충격을 가하는데, 재정적 파탄과 더불어 '바다표범 사냥'이라는 전통적인 사회의 구심점이 붕괴됨에 따라 알코올중독, 자살, 정체성 상실 등 문제가 잇따랐고, 그 후유증은 지금까지 그림자처럼 남아 있다.

정말 그린란드의 바다표범들이 남획되고 있을까. 전문가들에 따르면 바다표범은 캐나다에 50만, 북노르웨이와 그린란드에

THE FAMOUS FILM-STAR BRIGITTE BARDOT VISITS "SAB", 1976
Året 1976 bød på mange overraskelser, men en af de mere behagelige indtraf, da Brigitte Bardot kom til Grøn-
land for at fortige sig med de grønlandske fangerorganisationer. Filmstjernen blev bl.a. tilbudt en "Guided Tour"

브리짓 바르도는 1976년 이미 그린란드를 방문한 바 있다. 환경보호운동 때문이 아니라 당시
생거우수아크에 주둔해 있던 미군 위한 방문이었다. 이 사진은 생거우수아크 박물관에 걸려 있다.

각각 25만여 마리 살고 있으며, 연간 100만 마리의 바다표범들
이 새로 태어나는데, 그린란드는 매년 그중 10퍼센트인 10만여
마리를 잡아들인다고 한다. 사실, 모피 반대운동의 '주적'은 캐
나다이다. 가장 많은 수의 바다표범을 잡아들이면서도, 모피 수
출 장려를 위해 국가 차원에서 바다표범 사냥에 보조금까지 지
원 중인 데다, 그 변명거리로 어부들이 남획하여 줄어든 대구
수를 두고 바다표범이 너무 많아져서 그런 것처럼 둘러댄다는
의혹이 있기 때문이다. 하지만 모진 놈 옆에 있다가 벼락 맞는
격으로, 보조금 지원 없는 그린란드 역시 똑같은 무게의 비난을
면치 못하는 신세다.

새끼 바다표범의 정수리에 몽둥이가 내리꽂히고, 산 채로 가

나르삭의 바다표범 사냥꾼 크리스티안센

죽이 벗겨진 후 버려진 수십 구의 바다표범 시체들이 벌겋게 쌓여 산을 이룬 모습을 반복적으로 보여주는 모피 반대운동 홍보 동영상을 보며, 그에 감정적으로 동조하지 않기란 참 쉽지 않다. 일단 피투성이가 된 바다표범들이 불쌍하고, 곤봉으로 머리를 가격하고 산 채로 가죽을 벗겨내는 등의 잔인한 사냥법이 비인간적인 것 같아 반발심이 생기며, 모피는 '사치품'이니 모피 산업 따위 당장 망하더라도 큰 문제 될 게 없을 것만 같다. 그러나 바다표범이 조금만 덜 귀엽게 생겼더라도 이렇게까지 측은한 마음이 들었을지, 사냥감을 동정하는 것은 어디까지나 인간의 관점이 아닐는지 다시 한번 생각해본다. 바다표범을 '인간적으로' 사냥하는 방법이란 대체 무엇인지, 가죽의 손상을 최소화하기 위한 이 같은 전통적 사냥법을 대신할 만한 사냥법은 무엇인지에 대해선 모피 반대운동 측에서도 별다른 언급이 없다. 지금 당장 모피산업으로 생계를 꾸리는 사람들을 위한 대책 역시 뚜렷이 제시된 바 없다. 자칫 동물들 보호하자고 산 사람 입에 거미줄 치고, 몇천 년간 사냥으로 삶을 꾸려온 그린란드인들의 전통과 문화를 깡그리 무시하는 결과를 초래할지도 모르지만, 극단적 동물 보호론자들의 '생명존중 사상'에 '북극 삶'은 그다지 고려 대상이 아닌 모양이다.

　여름철 바다표범 사냥은 비교적 거부감이 덜하다. 빙판이 된 바다 한켠에 구멍을 뚫어놓고 기다리다가 숨을 쉬려 고개를 내미는 바다표범 머리에 직접 곤봉을 휘두르는 겨울철과는 달리, 배를 타고 나가 총으로 쏘아 잡는 '친숙한' 사냥법을 쓰기 때문

죽임당한 생명 앞에서 백남준의 작품 'TV부처'가 연상되는 것은, 너무 잔인한 짓인가.

이다(그러나 총구멍 없는 양질의 가죽을 얻을 수 있는 방법은 역시 때려잡는 것이라, 사냥꾼들은 몽둥이 사냥 법을 더 선호한다).

　그린란드 남부의 작은 어촌 나르삭에서 삼대째 바다표범 사냥을 가업으로 잇고 있는 사냥꾼 크리치안센을 만나 함께 사냥에 나선다. 소총을 든 사냥꾼들은 2인1조가 되어 모터보트를 타고 크고 작은 빙산이 떠 있는 바다 한가운데로 나아간다. 포유류인 바다표범들은 물속에 머물다가도 종종 빙산 위에 올라가 휴식을 취해줘야 하기 때문에, 빙산 주변은 좋은 사냥터다. 한 명은 배를 몰고, 나머지 한 명은 총을 들고 사냥감을 찾는다. 저 멀리 바다표범 한 마리가 숨을 쉬려고 물 밖으로 머리를 내밀자, 크리치안센이 제대로 조준도 않은 채 대뜸 첫 발을 쏜다. 명중시키려는 게 아니라, 총소리에 놀라 제대로 숨도 못 쉬고 다시 잠수해버린 바다표범이 숨이 막히다 못해 그 근처에서 다시 머리를 내밀도록 유도하려는 것이다. 두번째부터는 맞추기 위해 쏜다. 자꾸만 이리저리 도망다니는 바다표범을 뒤쫓느라 요동치는 배 위에서, 두더지잡기 게임마냥 여기저기서 내미는 바다표범 머리를 명중시키기란 여간 어려운 게 아니다. 둔탁한 소총 소리가 거듭되고, 마침내 두부에 정통으로 총알이 박힌 바다표범이 선홍색 피를 콸콸 쏟으며 물 위로 떠오른다. 잽싸게 배를 몰고 다가가 작살로 찍어 건져내지 않으면 그대로 가라앉아버려 모든 일이 수포로 돌아간다. 끌어올려진 바다표범은 머리를 아래쪽으로 향하게 하여 뱃전에 걸쳐놓고 피를 뺀다. 맛이 좋아질 뿐 아니라 해체하기도 편하다.

가죽만 홀랑 벗겨냈다. 지느러미 끝에만 가죽이
남겨져 있다.

고기 코끝에만 가죽이 붙어 있다.

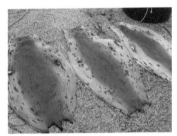
가죽은 잘 펴서 널어놓고 다시 사냥을 떠난다.

가죽을 소금에 절이고 있다.

소금에 절인 가죽의 물기를 빼고 있다.

　　다섯 시간 동안 잡은 바다표범은 모두 세 마리. 다시 나르삭 연안 부둣가로 돌아온 크리치안센은 배를 대자마자 곧장 근처 바위 위에 바다표범을 끌어올려 해체하기 시작한다. 배가 보이도록 뒤집어놓고 날카로운 칼로 턱부터 꼬리까지 쭉 그어 내리고, 양 지느러미와 꼬리, 코 주변에 한 바퀴씩 칼집을 내어 가죽 벗길 채비를 한다. 분홍빛 두꺼운 지방층을 썩썩 썰어내며 가죽을 벗기고 나니, 바위 위엔 코끝과 양 지느러미 끝, 꼬리 끝만 가죽에 덮인, 다소 흉물스런 지방덩어리 시체 한 구가 덩그러니 놓여 있다. 가죽은 바닷물에 싹싹 헹궈 펼쳐 널고, 헐벗은 바다표범은 고스란히 바다 속으로 밀어 넣어버린다. 바다표범 살코기는 여전히 인기 있는 음식이지만, 가죽만이 사냥의 목적이었던 크리치안센으로선 손 버려가며 고기를 손질할 이유가 없다. 다섯 시간 동안의 바닷바람 세례에 시퍼렇게 동태가 된 우리의 배웅을 받으며, 그는 다시금 배에 오른다. 여름철엔 백야 덕분에 스물네 시간 잠도 안 자고 사냥을 한단다.

이렇게 얻은 가죽은 한 벌에 300크로네, 우리 돈으로 6만5000원 정도에 그린란드 남부 도시 까코톡Qaqortoq에 있는 바다표범 가죽 가공공장, '그레이트 그린란드Great Greenland'로 넘겨진다. 나르삭의 '에스키모 펠스Eskimo Pels' 공장이 파산하면서 그린란드 유일의 바다표범 가죽 가공공장이 된 '그레이트 그린란드'는, 그린란드에서 생산된 바다표범 가죽의 90퍼센트를 수용해 기초 공정부터 제품 생산까지 모두 도맡고 있다. 바다표범 가죽이 들어오면 먼저 부패하지 않도록 소금에 절여 며칠간 방치해두었다가 물기를 뺀다. 어느 정도 건조된 가죽은 널찍한 판 위에다 쫙쫙 잡아당긴 채 굵은 압핀으로 고정한 다음 표면적을 늘린 상태에서 기계에 넣어 완전 건조시킨다. 건조된 가죽은 상태에 따라 상중하로 등급을 나누고, 세척 및 염색 공정 후 비로소 제품 제작에 투입된다. 주로 코트, 가방, 장갑, 목도리, 모자, 지갑 등을 만드는데, 코트 한 벌에 약 15마리의 가죽이 소요되며 가격은 200만원을 호가한다. 매장을 취재할 때 옳다구나 하며 15만 원짜리 모자를 슬쩍 시용해봤는데, 무척 따뜻했지만 미안하게도 사고 싶단 생각은 저 멀리 달아났다. 일단 털 자체가 토끼털이나 여우털과는 달리 몹시 억세고 빳빳하여 촉감이 투박한 데다 결정적으로 디자인이 참혹할 정도로 '후지다.' 그런데도 러시아와 중국, 유럽을 비롯해 전 세계로 인기리에 수출되고 있다 하니, 어쩌면 내 심미안에 심각한 결함이 있는 것일지도 모르겠다.

공장을 벗어나 그린란드에서 가장 붐빈다는 근처 '까코톡 어

작살이 바다표범을 향해 돌진하고 있다.

시장'으로 발길을 돌린다. 여러 가지 생선들 옆에 바다표범 고
기도 당당하게 한자리 차지하고 있다. 보통 한 시간 이상 삶아
서 소금에 찍어 먹거나 스프를 만들어 먹는데, 삶은 고기는 그
질감이나 누린내가 염소고기와 아주 흡사하고, 사냥꾼들 방식
으로 버터에 구워 돼지고기랑 같이 싸먹으면 좀 낫다. 말린 바
다표범 고기도 잘 팔린다. 먹처럼 시커멓고 딱딱한 고기를 황태
포처럼 죽죽 찢어다 한 입 먹어보라 건네는데, 그린란드에 와서
뭐든 주는 대로 넙죽넙죽 잘 받아 먹은 내가 겪은 최초이자 최

작살에 꽂혀 생사의 기로에 선 바다표범.

후의 시련이었다— '비린내 나는 비누 맛 고기'를 상상해보시라. 그러나 맛에 대한 평가와는 별개로, 바다표범 고기의 가치는 점점 높아지는 추세다. 그린란드인들이 전통적으로 육식을 많이 하면서도 심혈관 질환 발병률이 낮은 이유가 바다표범 지방층에 있는 오메가3 오일이라는 사실이 알려지면서, 이를 이용한 건강식품들이 불티나게 팔리기 시작했기 때문이다. 이는 모피 시장의 인기와 결합하여 바다표범 사냥의 시장 가치를 높이는 데 한몫하기도 했다.

지난 5000년간 별 탈 없이 이어져 내려온 바다표범 사냥 전통이 왜 최근 20여 년간 갑자기 큰 문제점으로 부각되어야 했을까. 물론 약간의 시대적 변화가 있었다. 현대에 들어서면서 가죽을 대량생산하기 위해 바다표범들이 대거 사냥되기 시작했고, 동물의 생명권에 대한 인식이 높아졌다. 하지만 적어도 현재 그린란드 안에서는 바다표범들이 적절한 비율로 사냥되고 있으며, 전통적 사냥법에 대해 별다른 대안도 없이 그 개념조차 모호한 '잔인하다'는 근거로 비난만 일삼는 태도는 무책임하기 이를 데 없다. 그러나 '동물과 공생하자'는 지극히 선한 의도에서 비롯한 탓에 사실 여부를 불문하고 몹시 열정적으로 추구되고 있는 데다 얼핏 접하기에 감정적으로 동조하기 쉬워, 모피반대운동 세력은 인터넷이란 다분히 피상적인 매체를 등에 업고 날로 커져만 간다. 무지의 소치, 누구를 탓할까. 그린란드는 억울할 따름이다.

'이 음식이 어디서 왔는고.' 스님들이 공양할
때 외는 게송의 첫 소절을 이역만리 바다 위 넙치선에서 떠올린
다. 냉동 꽁치가 담긴 상자 뚜껑엔 붉은색으로 한문이 어지러이
쓰여 있다. 세계에서 거의 유일하게 중국 식당 없는 나라, 화교
들이 세를 뻗치지 못한 나라인 이곳 그린란드에서, 중국은 그린

그린란드 어디에나 크고 작은 항구들이 촘촘히 들어서 있다.

우리 곁에서 한참 넙치 낚시를 하던 소형 넙치잡이선.

란드의 중요한 어족 자원인 '그린란드 넙치' 낚시의 미끼로 슬며시 자신의 존재를 드러내고 있었다. 이렇게 중국산 꽁치로 낚은 그린란드 넙치는 가공된 후 수출되어 곧 덴마크를 비롯한 유럽 곳곳의 식탁 위에 오를 것이고, 만약 통조림 따위로 가공된다면 더 먼 곳, 더 낯선 식탁 위에도 기꺼이 오르리라. 먹거리들이야말로 세계화의 첨병이다. 생산에서 소비까지 전 세계를 종횡무진하며 점점 이중, 삼중 국적을 갖추어가니, 이젠 제아무리 제 나라 바다에서 나는 고기라 한들 온전히 제 것이라 주장할 수 있을까.

그린란드의 모든 마을은 어촌이다. 그린란드 사람들은 이 땅의 거대한 내륙 빙하를 피해 바닷가를 둘러싸고 마을을 이루었고, 풍요로운 바다에서 먹을 거리와 입을 거리를 구하며 역사를 이어왔다. 수산업은 여전히 그린란드 경제의 중심이며, 현재 그린란드가 덴마크와는 달리 EU 회원국이 아닌 배경에도 수산업이 버티고 서 있다. 1973년 덴마크가 EEC(유럽경제공동체EU의 전신)에 가입하자 식민지 그린란드는 거세게 반발한다. 독일과 영국 선박들이 이미 오래전부터 별다른 제재도 없이 그린란드 연안에 멋대로 드나들며 조업을 해, 대낮에 눈 뜨고 강도를 맞는 것이나 다름없던 상황에 줄곧 분통을 터뜨려온 그린란드인들로서는 자칫 다른 유럽 트롤 어선들로 하여금 자신들의 바다를 '공식적으로' 휘젓고 다니게 할 EEC 가입을 극구 반대하는 게 당연했다. 당시로서는 식민 모국이었던 덴마크를 따라 울며 겨자 먹기로 EEC 회원국이 될 수밖에 없었던 그린란드는 그러나 1979년 자치정부가 수립되자 다시금 자체 찬반 국민투표를 실시하더니, 1985년 조업 쿼터와 어업권료를 두고 다른 회원국 들과 갈등을 겪다 결국 EEC를 탈퇴해버렸다.

그린란드 바다는 과히 EU 회원국으로서 누릴 수 있는 갖은 혜택을 포기해가면서까지 지켜낼 만한 가치가 있다. 땅으로부 터 영양분을 잔뜩 품고 떨어져 나온 빙산은 플랑크톤을 부르고, 플랑크톤은 새우, 넙치, 대구, 연어, 정어리 등 갖은 물고기를 불 러들여 황폐한 북극에서도 바다만은 사계절 풍년이다. 이들의 혈액 속에는 부동 단백질, 즉 얼지 않는 단백질이 있어 몸속 세 포가 어는 것을 방지해주기에, 차가운 북극 바다 수온도 거뜬히 이겨낸다. 그린란드 수산업의 범위는 물고기를 쫓아 빙산 주변 을 맴도는 바다표범, 바다코끼리, 고래 등의 해양포유류까지 아 우르는데, 해양포유류들은 모두 두꺼운 지방층을 내복처럼 껴 입고 있어 추위로부터 몸을 보호하기에 알맞다. 또한 이 지방층 에서는 콜레스테롤과 혈액순환을 촉진하는 EPA와 DHA를 섭 취할 수 있어, 그린란드인들은 전통적으로 육식을 많이 하면서 도 그에 비해 심혈관 질병은 적게 앓는 편이다.

일루리셋 빙하가 생산해내는 어마어마한 양의 빙산 덕분에 그린란드 어업의 중심지로 자리매김하고 있는 그린란드 중부 도시 일루리셋 항구에는 2인용 어선부터 몇십 톤급 트롤 어선까 지 열을 맞춰 빼곡히 들어차 있었다. 우리가 승선한 20톤급 넙 치 잡이선 닐스호는 일루리셋 먼 바다까지 나아가더니 배를 세

우고 미끼를 꿴 낚시 바늘이 줄줄이 달린 수십 킬로미터의 줄을
바다에 휙휙 던져놓는다. 한참을 노닥거리며 기다렸다가 끌어
올리는 낚싯줄에는 크고 작은 넙치가 주렁주렁. 거저먹는 장사
다 싶을 정도인데, 정작 선장은 "오늘 3000바늘 정도 내렸는데
700킬로그램밖에 못 잡았다"며 표정이 어둡다. 대구 잡이도 만
만찮게 손쉬워 보인다. 그저 대구들이 많이 지나다니는 길목에
그물을 쳐났다가 하루쯤 뒤에 회수하러 가는 게 전부다. 그물을
끌어올리자마자 배 위로 대구 수십 마리가 와르르 쏟아지는데
도, 그물이 헐거워지는 바람에 고기가 다 빠져나갔다며 툴툴거
리는 어부들이라니. 그중에서도 '물 반 고기 반'의 진수를 보여
주는 게 있었으니, 바로 그린란드 산 정어리인 암마사크Ammassak

다. 무릎 정도 깊이의 투명한 바닷물 아래 새카맣게 물결 따라 굽이치는 게 죄다 이 물고기다. 포충망 같은 걸로 한번 휘 내저 으니 망이 찢어질 만큼 담긴다. 두 번 망질에 양동이 하나가 가득 찬 모습엔 그저 기가 찰 뿐이다. 이렇게 잡아들인 넙치와 대구, 새우 등은 일루리셋에 있는 그린란드 유일의 수산물 가공공장인 '로열 그린란드Royal Greenland'로 넘겨져 가공된 후 수출되며, 암마사크는 내수용으로 튀기거나 말려서 먹기도 하고 썰매개의 먹이로 주기도 한다.

물고기와 더불어 해양포유류까지, 수산물은 그린란드 수출의 90퍼센트를 상회할 만큼 그 비중이 크며, 따라서 어업과 사냥에서 문제가 생기면 곧 그린란드 전반의 문제로 확대된다. 1970~80년대는 그들에겐 가혹한 시간이었다. 전 세계적인 모피반대운동이 바다표범 가죽 수출을 가로막으면서 그린란드 경제와 사회는 빠른 속도로 무너져 내렸고, 그 여파는 아직까지 미쳐 그린란드 사회의 병폐로 남아 있지만, 이에 마냥 외부를 향해 비난의 화살을 던질 수도 없는 입장이다. 당시 그린란드 수산업의 몰락에는 또 하나의 원인, 즉 과도한 대구 잡이가 있었기 때문이다. 1930년대, 온 세계가 대공황에 찌들어 있을 때조차 그린란드만은 대구 잡이 덕분에 번영을 누릴 정도였지만, 계속되는 남획은 대구의 수를 대폭 감소시켰고 기후 변화는 그나마 남아 있던 대구 무리마저 그린란드 바다를 떠나게 했다. 폐단과 변화에 발 빠르게 대처하지 못한 그린란드에 남은 것이라곤 문 닫은 대구 가공공장과 하룻밤 사이 일자리를 잃은 공장

노동자들과 어부들, 그리고 쉴새없이 돌아가던 대구산업과 더불어 그들이 꿈꾸었던 밝은 미래의 말로였다.

그때의 악몽이 재현되는 것 아니냐며, 그린란드 안팎으로 경각의 목소리가 높아지고 있다. 대구의 몰락 이후 그린란드 수산업을 그럭저럭 지탱해주던 넙치와 새우 역시 그 숫자가 급격히 줄어들고 있는 까닭이다. 그 원인으로 지구온난화와 더불어 다시 한번 '남획'이라는 단어가 언급되면서, 대구에 이어 이번엔 넙치와 새우까지 씨를 말릴 셈이냐며 국제적인 비난이 쏟아지고 있다. 다른 나라들이 제 나라 바다에 감 놔라 배 놔라 목청 높이는 게 싫어 손해를 감수하고서라도 EU를 탈퇴했지만 이건 뭐 도로 아미타불이다. 게다가 자기네 바다 하나 제대로 지킬 깜냥 못 된다는 인상은, 가뜩이나 캐나다, 러시아 등 주변 강대국들이 경제 수역을 놓고 아쉬운 눈초리를 보내는 이 마당에 그린란드를 더욱 불리한 입장으로 내몰고 있다. 물고기를 지키는 것은 단순히 먹거리를 지킨다는 의미를 넘어서, 몇천 년 동안 물고기와 함께해온 역사와 전통을 지키는 것에 다름 아니다. 모피반대운동이 그린란드인들의 정체성을 온통 뒤흔들어놓았던 이유도 단지 수출경제뿐 아니라 바다표범 사냥이라는 그들의 역사와 전통이 위협받았기 때문 아니었던가.

바다는 예로부터 그린란드의 젖줄이었다. 고소하게 튀겨낸 암마사크를 식빵에 싸먹으며, 고급 호텔 레스토랑에서 연어 스테이크에 칼질하며, 과연 그린란드인들이 바다를 빼앗기기 싫

강가에서는 연어도 곧잘 낚인다. 동작이 크지 않은 낚시활동 특성상 모기망을 둘러 쓰는 것은 필수다.

을 만한 맛이라고 우스갯소리를 해본다. 냉동식품으로 점철되어버린 현대 그린란드의 식탁에서도 신선한 수산물만은 여전히 그 명맥을 이어 그들의 위태로운 건강 상태를 지켜주는 보루로 자리매김한다. 바다는 그들의 자부심이다. 내가 만난 그린란드인들은 모두들 바다에 관한 한 모르는 게 없었다. 오늘은 언제쯤 바다가 잔잔해질는지부터 어디쯤에서 고기를 잡아야 좋을지까지, 수천 년을 바다와 싸우고 노닐며 생존해왔으며, 바다와 더불어 사는 법을 대대손손 이어 내려온 그들로선 당연한 지식이자 지혜이며, 또한 일상이다. 그러나 이젠 바다를 누리는 데에도 책임감이 따르는 시대가 왔다. 요즘 같은 지구촌 시대, 제 바다에서 잡은 제 나라 음식을 남들 눈치 안 보고 먹을 수 있는 것, 계속 제 나라 바다에 대한 영유권을 주장할 자격을 갖추는 것, 그리 만만찮은 능력인 것 같다.

　　"북극곰을 보려면 캐나다로 가라." 그린란드
에 다녀왔다 말하면 반드시 튀어나오는, "북극곰 봤냐?"는 질
문에는 이렇게 답할 수밖에 없다. 코카콜라 마시는 북극곰, 삼
립호빵 그리워하는 북극곰, TV에도 광고에도 온통 북극곰 타령
이니 '북극' 하면 북극곰을 연상하는 것도 무리는 아니나, 현실
은 좀 다르다. 물론 그린란드에도 북극곰은 산다. 하지만 오늘
날 그 개체 수는 의외로 적은 편이다. 그나마 대부분 그린란드
전체 영토의 4분의 1을 차지하는 세계 최대의 '그린란드 북동
국립공원'에나 주로 출몰한다. 외국인으로서 투어에 참가하지
않고 이 국립공원에 입장하려면 조건이 여간 까다로운 게 아니
다. 그러니 오로지 북극곰이 목적이라면, 그린란드보다는 북극
곰들이 '동네 떠돌이 개들' 마냥 돌아다닌다는 '북극곰의 수도',
캐나다 북부의 작은 도시 '처칠'에 가는 게 최선이다.

　　막상 그린란드에서는, 오히려 우리가 좀처럼 북극과 연결지

오기망 착용 때

카메라를 향해 날아드는 파리 떼.

어 상상해보지 못했을 법한 것들과 곧잘 마주친다. 덴마크 코펜하겐을 경유하여 그린란드 남서부 도시 캥거루수아크에 상륙한 우리를 가장 먼저 열렬히 반겨준 것은, 한 무리의 모기떼였다. 모기 '들'이 아니라 모기 '떼'라 한 것은 1평방미터에 어림잡아 50마리 이상 몰려들기 때문이다. 양봉업자마냥 '모기망'이란 걸 머리에 덮어 쓰고, 살충제 뿌려가며 길을 걸어도, 망 틈새로 집요하게 비집고 들어와 피를 빨아대니 공포영화가 따로 없다. 더 남쪽으로 내려가면 모기 떼와 파리 떼의 콤보 세트도 즐길 수 있다. 날파리보다 약간 큰 이 파리의 공식 별명은 '가미가제', 눈구멍 콧구멍 입구멍 가릴 것 없이 일단 뛰어들고 본다. 한번은 무리를 지어 카메라 렌즈를 향해 집중 돌격, 화면을 새카맣게 가리는 바람에 아예 촬영 자체를 포기한 적도 있었다. 어째서 북극권에 속하는 이곳에 이렇게까지 모기와 파리가 번성할 수 있느냐는 물음엔, 장구벌레가 들끓는 웅덩이가 여기저기 있기 때문이라는 정도의 미적지근한 설명뿐이다. 이 많은 모기들이 웅덩이가 생긴 여름 한때 기하급수적으로 불어났다가 몇 주

뒤 웅덩이가 말라버리면 감쪽같이 사라진단다. 당시 나는 그 이
야기를 믿지 않았지만, 한국으로 돌아가기 전 다시 한번 캥거루
수아크에 들렀을 때, 웅덩이는 모조리 말라 있었고 모기는 정말
로 자취를 감추었었다.

　모기, 파리 떼와의 군무로 정신없이 입국 신고식을 치르고 나
니 이번엔 눈앞에 떡하니 사막이 있다. 따갑게 내리쬐는 햇볕과
둥글게 말려 올라가는 모래 바람, 띄엄띄엄 들어선 조립식 건물
들 앞에 미동도 않고 서서 담배를 피며 이방인들을 바라보는 현
지인들, 간간히 지나가는 차 소리에 길게 깨지는 정적까지……

바짝 메마른 가운데 저 멀리 빙하가 시퍼렇게 서 있다.

빙하가 갈아낸 자갈과 모래를 헤치고 다니려면 산악전용 지프 없인 곤란하다.

빙하가 움직이고 물이 녹아 쏟아지며 함께 묻어온 흙과 자갈들은 낮은 지대에 쌓인다.

캥거루수아크의 풍광은 마치 내가 그린란드가 아니라 미국 중서부 지방 어느 구석에 있을 법한 퇴락한 사막 마을에 온 듯한 착각을 불러일으킨다. 해안가에 위치하여 해양 기후의 특징을 띠는, 평균 습도 30~40퍼센트의 결코 건조하지 않은 여타 그린란드 도시들과는 달리, 캥거루수아크는 해변에서 내륙 쪽으로 180킬로미터 떨어진 곳에 위치하여 마치 시베리아 한복판에서나 볼 법한 전형적인 내륙기후의 특색을 보인다. 습도는 10~12퍼센트에 그치고, 여름엔 따뜻하나 겨울엔 영하 40도까지 떨어져 지상의 물뿐 아니라 공기 중의 물까지 얼려버리므로 기후는 극도로 건조해진다. 축축한 빙하가 병풍처럼 둘러싼 모습과는 대조적으로 캥거루수아크는 항상 메말라 있고, 겨우내 찬 공기에 빙하가 그 몸집을 불려갈수록 공기 중 수분이 줄어드는 탓에 더욱 메말라간다. 빙하는 온천지 풀썩풀썩 휘날리는 모래를 만들어내는 주범이기도 하다. 빙하가 흐르는 길목에 있던 바위와 자갈들이 움직이는 빙하 아래로 끌려들어가 오랜 시간 거대한 압력으로 갈리며 종국엔 고운 모래가 되기 때문이다. 수동 기어를 단 낡은 랜드로버에 몸을 싣고 바싹 마른 벌판 위로 모래먼지를 일으키며 달릴라 치면, 꼭 사막에 온 기분에 길가에 드문드문 선 관목들 사이로 선인장을 본 것 같은 착각을 하다가도, 문득 눈을 들면 먼 발치에 빙하가 시푸르게 빛나고 있어 아연실색하고 마는 것이다.

북극과 모기, 북극과 사막. 그뿐만이 아니다. 슈퍼마켓에는 아가들 까까 옆에 엽총을 걸어두고 팔고, 사람들은 빙산이 떠 있는 바닷가를 소매 없는 셔츠를 입고 활보하며, 말린 바다표범 고기를 질겅질겅 씹으면서 최신 기종 핸드폰으로 통화하는 할아버지가 있다. 이질적인 것들이 지극히 당연하게 공존하는 현장. 마치 초현실주의 화가 르네 마그리트의 회화 속에 들어와 있는 듯하다. 파란 하늘 아래 가로등이 어둠을 밝히고, 토르소와 튜바, 의자 모양의 구름이 하늘에 나란히 떠 있는 그의 그림 속 기이한 세계가 바로 여기에 현현하고 있었다. 물론 시각적

충격을 의도하여 일부러 극적인 대비를 이끌어내는 그의 그림과는 달리, 그린란드 속 공존에는 모기나 사막처럼 따져보자면 다들 타당한 이유가 있다. 사냥이 생활의 근간인 그린란드답게, 16세 이상이라면 누구나 동네 슈퍼마켓에서 총기류를 구입할 수 있다. 영하 30~40도를 넘나들 때도 바람막이조차 없는 개썰매를 끌고 사냥을 떠나는 사람들이니 웬만한 추위는 추위 취급도 안 한다. 할아버지에서부터 꼬맹이들에 이르기까지 모두들 핸드폰을 갖고 다닐 정도로 핸드폰 보급률이 엄청난 덕분에 공중전화를 찾아보기 힘들다. 그러나 납득할 만한 설명이 있다고 해서, 그 기상천외한 조합이 주는 강렬한 충격, 기묘한 여운이 결코 덜해지진 않는다.

아이스크림 가격이 무려 15DKK. 우리 나라 돈으로 약 3100원. 시너먼 초콜릿 코팅 안에는 바닐라맛 아이스크림이 들어 있다. 맛있다.

진짜 바다표범 가죽으로 만든 진짜 바다표범 인형. 그로테스크 하다. 시물 마시옹?

북극과 사막이 만나고, 북극과 모기가 만난다. 하등 관련 없는 것들끼리 나란히 선 파격에는, 초현실주의 시인 로트레아몽이 노래한 '재봉틀과 양산이 해부대 위에서 만나는 아름다움', 논리와 합리 너머 어떤 시적이고도 낭만적인 아름다움이 있다. 총과 과자가, 빙산과 소매 없는 셔츠가, 말린 바다표범 고기와 최신 기종 핸드폰이 만난다. 평범한 것들의 어떤 절묘한 만남이 전혀 새로운 이미지를 파생시키고 전혀 색다른 의미를 도출하여, 마침내 평범한 것들은 특별한 것으로 거듭나—이전 것은 지나갔으니 보라 새것이 되었도다. 북극과 사막이 만나고 총과 과자가 만나, 더이상 북극은 이전의 북극이 아니며 총 역시 그러하다. 북극과 총을 보며 사막이나 과자 같은 전혀 엉뚱한 것을 연상할 때, 북극과 총이 갖고 있던 한 가지 이미지, 한 가지 속성은 이제 만 가지 가능성을 품고 만 가지 상상을 허한다. 북극은 단순히 춥고 얼어붙은 땅으로부터 선인장이나 서부 활극까지 아우르는가 하면, 총이라는 폭력적인 이미지와 과자라는 천진한 이미지가 대비되어 그 난폭함이 더 부각되기도 한다. 또 과자 옆에 걸린 총을 통해 죽음이 삶에 얼마나 가까이 있는지 새삼 실감하기도 한다. 그리고 마침내 북극과 모기와 사막, 총과 과자와 빙산과 핸드폰이 만난다. 보통의 물체들이 일상적인 위치를 떠나 조우한다. 그러나 모든 익숙한 것을 낯선 시각으로 되돌아볼 때에, 그리하여 모든 당연하고 구태의연한 것들을 그 근간부터 의심하여 새로이 정의내릴 때에, 비로소 나의 일상과 삶, 그리고 자아가 재발견된다.

삼마도로 달미 가 울고 갈 조현실적인 풍광.

이역만리에서, 이질적인 풍광을 눈앞에 두고도 화두의 끝은 결국 나의 삶, 나의 일상으로 안착한다. 그러나 이토록 영감 가득한 풍광 역시, 정작 여기 사람들에겐 단지 일상의 한 부분, 너무나 익숙한 삶의 현장에 불과하다. 그네들은 당연하다 못해 지루하기까지 한 우리네 일상으로부터 오히려 신선한 충격을 받으리라. '남의 일상'은 언제나 '나의 일상'을 반추하게 한다. 남의 일상 속 어떤 순간으로부터 마치 인생을 관통하는 진리라도 이끌어낼 듯 유난을 떨다가, 언제나 그저 습관적으로 영위해야 할 어떤 것으로 치부해버리곤 했던 나의 일상 매순간에도 똑같이 깨달음이 깃들어 있음을 비로소 알게 된다. 그러므로 북극곰 대신 모기가 득실거리고 빙하 사이로 모래바람이 휘몰아치는 북극, 이 초현실보다도 더 초현실적이고 픽션보다도 더 드라마틱한 현실 앞에서 소소하고 평범하기 짝이 없는 나의 현실을 더욱 직면한다. 그러므로 길을 떠난다. 멀리 헤매고 난 후에야 늘 곁에 머무르고 있던 파랑새를 발견할 수 있듯, 일상의 위대함은 일상에서 한 걸음 떨어진 때에 가장 가슴 시리게 와닿으니.

마그리트의 회화 「피레네 산맥의 성채」에서, 성은 바위 위에 굳건히 서 있으나 기실 그 바위는 바다 위 허공에 떠 있다. 성채에서 나와보지 않으면, 굳건히 선 듯하나 실은 언제고 바다로 추락할지 모르는 그 운명을 결코 알 수 없다. 마그리트가 우리의 허를 찌른다. 허를 찔러, 관성과 타성에 젖어 그저 살아가기에 급급한 우리의 걸음을 잠시 멈추게 하고, 뒤돌아보게 하고, 통찰하게 한다. 자발적으로 허를 찔리려고 여행을, 길을 떠난다. 극단적으로 낯선 이곳 그린란드에서 촉각은 본능적으로 곤두서고 숨 가쁜 일상에 무뎌져 있던 감수성도 기민하게 되살아난다. 당연한 것들이 당연하지 않고, 당연하지 않은 것들이 당연한 그린란드의 일상을 마주할 때에, 확신은 회의로 바뀌고 고정된 생각도 가치도 흔들려, 익히 알고 또 안주하던 세계는 가차 없이 무너져 내린다. 그러나 카오스는 다시금 코스모스를 낳을 것이며, 혹독한 진통 끝에 다시 정립된 나의 일상, 나의 세계는 훌쩍 자라나 아마 조금쯤은 더 어른이 되어 있지 않을까.

이상한
그린란드의
앨리스,
잃어버린
시간을
찾아서

이상한 나라의 앨리스가 된 기분이다. 북극의 여름밤, 그린란드의 백야가 사람을 슬슬 미치게 한다. 채 녹지 않아 하얗게 쌓인 눈에 반사되어 더욱 눈부신 햇빛이 낮이고 밤이고 눈을 파고들어 현기증과 불면증을 부른다. 쥐죽은 듯 고요한 가운데, 가로막는 것 하나 없이 드넓게 펼쳐진 지평선이 하얗게 빛나는 꼴을 가만히 보고 있자면 금방이라도 정신을 놓아버릴 것만 같다. 그나마 여름 초입이나 끝물에는 슬쩍 저물려다 다시 떠오르는 태양의 움직임이라도 있다. 하지만 해가 머리 꼭대기에서 떨어질 줄 모르는 6월 21일 하지 전후로는 '햇빛이 너무 눈부셔서 살인했노라'는 알베르 카뮈의 소설 『이방인』 속 주인공의 그 말이 이해가 될 지경이다.

'낮에는 열심히 일하고 밤에는 편히 쉰다'는 인류의 기본적인 생활 리듬도 하얀 밤 앞에서는 그저 무색할 뿐이다. 언제나 밝으니 언제든 일을 나갈 수 있다. 아무 때고 내키는 때 나가서

하지 즈음 새벽 3시, 믿거나 말거나.

일해도 관계없다. 예나 지금이나 이들 생활의 토대는 수렵이다. 논밭은 정기적으로 돌보고 가꿔야 하지만, 사냥은 훨씬 더 산발적으로 이루어지지 않는가. 규칙적이지 않다는 규칙. 그린란드 사람들은 지금껏 그렇게, 잠이 오면 언제든 그냥 자버리고, 아쉬울 때 사냥을 나가며, 바지런 떨 이유를 모르고 살아왔다. 그들로선 시간에 구애받는 삶이 낯설고 불편할 것은 당연하다.

근대적 시간관념을 바탕으로 짠 촬영 일정대로 움직여야 하는 우리로서는 현지인들의 무규칙성, 무계획성은 '재앙'이 아닐 수 없었다. 비행기 스케줄, 우체국 영업시간 등 산업사회의 시

어두울 때는 해가 진 게 아니라 날이 흐린 것.   저물 듯 하더니

간 개념이 유지되는 최소한의 보루를 벗어나면, 달력과 시계는 과장 조금 보태서 그저 '의미 없는 숫자 나열'에 불과해져버렸다. 현지인들과 약속을 잡을 때에는 몇 번이나 시간을 지키겠노라 다짐에 다짐을 받는 것은 물론, 약속이 오전 시각인지 오후 시각인지를 명확히 해야만 하는 기괴한 상황이 잇따른다. 물론 다짐을 받았어도, 그가 약속 장소로 나타나기까지 방심은 금물이다.

끝내 '우월감'마저 찾아들었다. 여태 '코리안 타임'이야말로 한국인이 지닌 전근대성의 상징이자 극복해야 할 부끄러운 점이라 배워왔기 때문일까. '그린란드 노타임'을 만나 현지인들을 나도 모르게 깔보게 된다. 일제시대, 조선인 노동자들이 도무지 출근시간을 지키지 않던 것을 두고 '게으른 민족성'이라 비난하던 일본인들의 태도와도 일맥상통한다. 그때껏 농경사회에서 살아왔던 조선인들로서는 마치 밭에 김매러 나가듯 아무 때나 출근하는 것이 전혀 이상할 게 없었다. 그들에게는 하루를 스물

아니나 다를까, 다시 떠오른다.

마치 그린란드의 낮과 밤을 한 폭에 담아낸 듯한 잠냐.
낮이되 어둠기도 하고 밤이되 밝기도 하다.

네 시간으로 쪼개어 관리하는 것 자체가 낯설었다. 하지만 '문
명인'의 자격으로 일본인들은 조선인들을 미개인 취급했고, 나
역시 은연중에 그린란드 사람들의 '게으름'을 타박한다. 언제나
그렇듯, 현지 상황의 특수성을 감안하는 폭넓은 사고보다는 편
견으로 싸잡아 비난하는 편이 편리하니까.

　그런 나를 벌하기라도 하듯, 갑작스레 생긴 일주일간의 촬영
일정 공백은 상황을 180도 반전시켜버렸다. 일정이 없어지니
시간을 사수해야 할 이유도 사라진 것. 시간관념 운운하며 목에
힘을 주던 오만방자한 이방인은 그 얄팍한 명분을 잃자 무참히
무너져 내린다. 뒤늦게 현지식으로 생활 리듬을 바꿔본다. 아침
아홉 시부터 저녁 열한 시까지 프로그램 사이사이 '오늘의 방영
일정표'와 함께 날짜와 시각을 띄워주는 텔레비전 덕분에 겨우
세월이 어찌 흘러가고 있는지 파악한다. 슈퍼마켓의 영업시간
안에 일용할 양식을 마련해야 할 조연출로서의 의무 덕택에 간
신히 낮과 밤을 구별한다. 삼시 세 끼 요리를 하고 설거지 하느

●이날 화부만 불수제비 수백 개는 뜬 것 같다. 도부지 할 일이 없다. 바다에서 불수제비 뜨는 유일한 나라 그린란드.

라 생활에 약간의 일관성과 규칙성이 생긴다. 단지 그것뿐, 그
외에는 완벽한 현지식 카오스의 답습. 새벽 세 시에도 아이들은
밖에서 뛰놀며, 나 역시 시각을 불문하고 휘적휘적 동네 산책에
나선다. 아무 때나 잠들었다가 언제고 눈을 뜨면 언제나 태양은
머리 꼭대기에서 조롱하듯 빛나고, '햇빛이 너무 눈부셔서' 절
로 웃음이 나고 눈물이 난다. 이따금 숙소를 떠나 텔레비전과
슈퍼마켓이 없는 외딴섬 캠프에서 몇 날 며칠이고 늘어져 있을
라 치면 시각은커녕 오늘이 어제인지 내일인지조차 분간할 수
없다.

흡사 악몽을 꾸는 듯하다. 고작 시계 하나 빼앗겼을 따름인

데, 이토록 망가져버렸다. 그토록 시간을 강조한 연유가 스케줄에 대한 조연출로서의 책임감, 혹은 '현대인'으로서의 우월감 따위 때문인 줄 알았더니, 그게 아니었다. 시간을 사수한 것은 본능이었다. 시간이 지배하는 세계에서 시간이 사라진 세계로 떨어진, 낯선 환경에 처한 나 자신을 지키기 위한 본능. 결국 초등학교 졸업 이후 한 번도 제대로 쓴 적 없던 일기를 매일매일, 꼬박꼬박, 날짜는 물론 밤낮까지 구별해가며 써내려갔다. '내가 원래 속한 세상이 어디'인지, 그리하여 결국 '내가 누구인지' 기억하기 위해서.

끝나지 않을 것만 같던 한여름 밤의 하얀 악몽은 그러나 아주 잠깐이다. 북극의 여름은 짧다. 태양을 피하고만 싶던 계절은 곧 태양이 절실하여 치를 떠는 북극의 겨울로 이어지고, 그 이름도 생소한 '흑주黑晝'—해가 뜨지 않는 '검은 낮'이 찾아든다. 태양의 빛뿐 아니라 온기 역시 사라져버리는 이 시기, 어둑한 낮과 깜깜한 밤은 죽음 같은 잠을 부르고, 꽝꽝 얼어붙는 북극의 혹한은 시간마저 새카맣게 얼리려 들겠지. 천사의 날개 같은 오로라나 이따금씩 유령처럼 나타나 두려움에 질린 그 영혼을 위로할 것이다. 그린란드에 악몽이 계속된다. 인생에도 악몽은 계속된다, 죽음으로 마감될 때까지. 겁낼 것인가, 즐길 것인가. 그것이 문제로다.

그린란드의 겨울 하늘. 여름 밤 구름에 해 가린 정도화는 수준이 다르다.

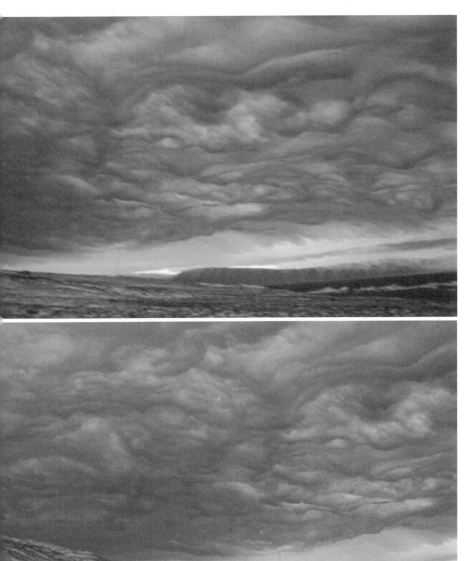

세계사의 거울, 그린란드 역사

그린란드에
진짜배기
사람들이
산다

영하 20도까지는 우습게 내려가는 혹한, 하루에도 몇 번씩 극과 극을 오가는 날씨, 해가 지지 않는 여름밤과 해가 뜨지 않는 겨울 낮, 거대한 빙하로부터 사시사철 불어오는 칼바람…… 대체 누구인가, 이 잔인한 땅에 굳이 둥지를 튼 무모한 사람들은. 이들은 바로 그 이름도 유명한 '에스키모Eskimo', 기원전 3000년경 시베리아로부터 베링 해협을 건너 알래스카와 캐나다를 거쳐 그린란드까지 널리 퍼져나가, 혹독한 자연환경과 맞서 싸우며 그네들만의 독특한 문화를 꽃피운 강인한 민족이다.

누군가를 하나의 명칭 아래 묶기란 퍽 조심스러운 노릇이다. 그린란드 원주민들은 자신들을 '에스키모'가 아닌 '이뉴이트Inuit', 좀더 정확하게는 '그린란드 이뉴이트'라 불러달라 한다. 에스키모라는 단어에 '날고기를 먹는 사람들'이란 경멸적인 의미가 담겨 있다고 생각하기 때문이다. 하지만 이뉴이트라는 표

북부 카낙지역에서 만난 아이들. 서구화의 교류가 비교적 느지막했던 터라 아직 그린란드 이누이트 본연의 외향적 특색이 고스란히 남은 경우를 자주 볼 수 있다.

수도 누크에서 만난 아이들. 서구화의 교류가 활발했던 지역답게 혼혈의 특색을 가진 아이들이 종종 눈에 띈다.

현은 대개 캐나다와 그린란드의 원주민만을 지칭할 뿐 유피크 Yupik 족이나 이뉴피앗 Inupiat 족처럼 같은 민족에서 갈라져 나와 알래스카와 시베리아 등지에 살고 있는 원주민들까지 포함하지 못하는 맹점이 있다. 그런 까닭에 외려 그쪽 지역에서는 아직도 스스로를 곧잘 '에스키모' 라 일컫고 '이뉴이트' 라 불리는 걸 불쾌하게 여긴단다. 에스키모라는 표현과 이뉴이트라는 표현이 여태껏 병용되는 것도 그 때문이다.

그 명칭이야 어찌됐든 중요한 건 그네들이 정체성을 공유한다는 사실이다. 에스키모라 불리든 이뉴이트라 불리든, 이들은 서로 무척 비슷한 얼굴 생김새에 비슷한 말을 쓰며, 비슷한 방식으로 삶을 꾸린다. 외양은 전형적인 몽골로이드 형질, 즉 검고 곧은 머리카락에 검은 눈동자, 넓적한 얼굴형과 쌍꺼풀 없이 가늘게 치솟은 눈꼬리, 황인종의 약간 가무잡잡한 피부색에 중간 키 그리고 엉덩이의 몽고반점 따위의 특색을 띤다. 언어는 똑같이 에스키모-알류트어족에서 파생되었으며, 워낙 넓은 지역에 분포한 만큼 이래저래 방언이 많긴 하지만 구어는 서로 발음도 비슷하고 뜻도 얼추 통한다. 다만 그 표기에 있어서는 천양지차인데, 문자라는 개념 자체가 17세기 중반 서구 문명에서 들여온 것이라 그 도입 경로에 따라 달라지기 때문이다. 예를 들어 캐나다 이뉴이트들은 이뉴크티투트어 Inuktitut 라는 로마 철자법에서 비롯된 암호인 듯한 기이한 생김새의 표기법을 사용한다. 반면 그린란드 이뉴이트어—칼라리수트 Kalaallisut —는 로만 알파벳을 그대로 빌려다 쓴다. 소리 나는 그대로 표기하며, Q, K, T 소리가 많고, 똑같은 자음이나 모음이 연달아 붙거나 여러 개의 낱말을 하나로 복합한 게 많아 단어 하나하나가 무척 긴 것이 특징이다.

이들의 문화——북극 문화 Arctic Culture 는 그 명칭에서 짐작할 수 있듯 철저히 '북극'이라는 조건에 최적화되어 수렵활동과 이동 생활이 그 중심축이다. 식물이 자라지 못하는 추운 땅인지라 생계 수단으로서는 수렵이 유일할 수밖에 없고, 사냥을 하자니 자연스레 짐승의 발자취를 따라 이동생활을 하게 되며, 먹거리가 풍부하지 않다보니 가뜩이나 적은 인구수는 불어날 줄 모르는데다 이리저리 흩어진 채 이동생활을 하다보니 가족이나 부락 단위 이상의 공동체는 형성되기 어려워 국가는 성립되지 않는다. 형과 동생이 아내를 공유하여 한 명이 사냥여행을 떠나면 나머지 한 명이 가장 노릇을 하도록 했던 것이나, 가족 단위로 고립되어 살다보니 근친관계로 비슷한 유전자끼리 끊임없이 재생산되는 악순환을 막기 위해 타지에서 손님이 오면 거리낌 없이 자신의 아내를 내어주었던 것 등등 현대인의 시각에서는 '야만'스럽게, 혹은 '엽기적'이라 할 만한 옛 풍습들 역시 극단적 환경에 극단적으로 적응한 결과라 할 수 있다.

이처럼 추운 지역에 안성맞춤인, 즉 추운 지역이 아니라면 그다지 효율적인 생존법이 아니었던 북극 문화는 그러므로 한 번도 북극권을 벗어나 전파된 적이 없다. 이는 다른 말로, 오로지

바다의 뛰어난 조종성은 오늘날 세계적으로 인정받고 있다.

극 지방에만 머무르며 고립되어온 탓에, 서구와의 본격적인 접
촉이 시작된 17세기 이전까지 에스키모 혹은 이뉴이트들은 그
네들 고유의 문화와 혈통까지 고스란히 보존해올 수 있었다는
이야기이다. 시베리아, 북미, 그린란드, 자그마치 세 개 대륙에
걸쳐 이미 오래전부터 뿔뿔이 흩어져 살아온 역사에도 불구하
고 이들이 오늘날 여전히 동질감을 내보일 수 있는 것 역시 그
덕택이다. 이들 사이의 강한 소속감과 연대는 줄기차게 이어지
고 있는데, '이뉴이트 극지 회의ICC' 같은 단체가 그 예다.(ICC는
알래스카, 캐나다, 그린란드, 러시아의 추코트카 자치구에 사는 15만

이뉴이트의 연합으로 이뉴이트의 인권과 문화, 북극 환경 등을 보호하는 데 앞장서고 있다.)

특히 캐나다와 그린란드의 이뉴이트 문화는 서로 떼려야 뗄 수 없는 관계에 있는데, 비록 대륙은 다를지언정 지리적으로는 썩 가까운 편이라 상호간에 지속적으로 영향을 주고받을 뿐 아니라, 애초에 '무인도' 그린란드에 이주하여 '그린란드 이뉴이트 문명'을 처음 시작한 이들이 실은 캐나다 이뉴이트족이었다. 그린란드 이뉴이트 문명은 기원전 2300년쯤 캐나다에서 건너와 기원전 1500년경에 쇠퇴한 인디펜던스Independence I 문화에서 시작하여, 기원전 2400년쯤 시작되어 인디펜던스 I 문화와 공존하다가 기원전 900년쯤에 사라진 사콰크Saqqaq 문화, 캐나다에서 건너와 기원전 800년에서 기원전 1년 즈음에 쇠퇴한 인디펜던스 II 문화까지 2000여 년간 비교적 심심하게 흘러갔다. 극소수의 사람들이 가족 단위로 무리를 지어 이리저리 옮겨 다니며 수렵으로 연명하는 기본 생활 틀을 고스란히 유지하며, 더러 발전하기도 했지만 대개 비등비등한 수준에 그치던 것이 획기적인 도약의 나날로 접어든 것은 기원전 500년에서 기원후 1000년까지 번성한 도셋Dorset 문화부터이다. 이들 도셋인들은 사냥여행 중 임시 거처로 사용되곤 하는 이글루를 처음으로 만들었으며, 돌과 이끼로 비교적 영구적인 보금자리를 만들어 겨울을 나는 방법을 개발하는 등 이전 문화들과는 기술적으로 훨씬 진보된 모습을 선보인다. 특히 활석으로 만든 기름램프가 발견된 것은 램프의 사용, 즉 고래와 바다표범으로부터 기름을 추출하는 법을 익혔다는 의미로, 고대 이뉴이트들이 드디어 혹한을 무난히 버텨내는 방식을 터득했음을 증명하는 매우 의미 깊은 발전이다.

　도셋 문화가 차차 쇠퇴해가던 기원후 1000년 무렵, 다시금 캐나다로부터 유입된 툴레 문화와 더불어 그린란드 이뉴이트 역사는 또다른 변화의 물결을 맞이한다. 현대 그린란드인들이 그들의 직계 조상 문화라 여기는 이 툴레 문화에서 가장 특기할 만한 사항은, 카약과 우미악(여자들의 이동 수단이고 사냥 나갈 때는 남자들이 이용)을 개발하고 이전보다 더 정교한 작살과 창을 만들면서 고래 사냥이 더욱 쉬워졌다는 점이다. 이는 먹을거리를 풍부하게 했을 뿐 아니라 고래껍질이라는 중요한 비타민 C 공급원을 안정적으로 확보하여 영양상으로도 더 균형 잡힌 식단을 누릴 수 있게 했고, 또한 고래 뼈와 가죽이 여유롭게 공급되면서 도구 기술을 더욱 발전시키는 밑거름이 되었다. 개썰매라는 획기적인 이동 수단의 발달도 빼놓을 수 없다. 덕분에 툴레인들의 활동 반경은 전과 비교할 수 없을 만큼 넓어졌으며, 자연스레 사냥도 더 원활히 이루어졌다. 게다가 14세기 즈음 도래한 소빙하기는 당시 그린란드 남부에서 공존하던 그린란드 바이킹들에게는 재앙이었지만, 툴레인들에게는 더 남쪽으로 진출하여 마침내 그린란드 전역을 장악한 최초의 이뉴이트 문화로 자리매김하는 계기가 되었다.

　비록 툴레인들을 그네들의 직계 조상이라 여길지라도, 오늘날 우리가 그린란드에서 마주치는 사람들은 더이상 진정한 의미의 '그린란드 이뉴이트'라 보긴 어렵다. 15세기, 네덜란드가 데이비스 해협과 그린란드 서부 해협에 배를 보낸 것을 시발점으로 그린란드가 전격적으로 서구 문명에 노출되기 시작한 것이다. 덴마크, 네덜란드, 영국, 프랑스, 독일 등 유럽 국가들은 북극 지방 탐험을 위해, 또 램프용 고래 기름을 얻기 위해 앞 다퉈 그린란드에 배를 보냈다. 특히 네덜란드와 노르웨이 등지에서 온 포경선들은 1605년 덴마크가 그린란드를 자기네 식민지로 선포한 이후에도 꾸준히 그린란드 동부

누크의 그린란드 국립 박물관에 전시되어 있는 15세기 무렵의 여자 미라 둘과 여섯 살짜리 아이의 미라. 그린란드 북서부 쿰마나크 근처 킬라킷소크에서 발견된 이 미라들의 사인은 정확히 밝혀진 바 없으며, 덧옷과 부츠를 신고 있고, 동결되어 고스란히 보존된 탓에 머리카락 한 올까지 그대로 남아 있다.

해안에 들렀을 뿐 아니라 일부는 그곳에 거주하기까지 했다. 제한적이나마 무역도 시작되어, 철이 귀했던 이뉴이트들은 일각고래의 뿔과 유럽산 칼을 교환했으며, 한번 교류의 물꼬가 트이자 외부인과의 성관계가 그다지 금기 사항이 아니었던 이뉴이트의 전통에 힘입어, 그린란드를 거쳐간 수만 명의 유럽인 선원들과 이뉴이트족 여인들 사이에서는 곧 수많은 혼혈아들이 태어나기 시작했다. 이 혼혈아들과 순수 이뉴이트들의 결합, 그 2세들의 또다른 결합, 그리고 1721년 본격적인 식민화와 더불어 지속적으로 침투한 덴마크 혈통까지, 자그마치 400여 년이나

그린란드에 진짜배기 사람들이 산다

이어진 혼혈화 과정 속에서 순수 혈통의 그린란드 이뉴이트는 역사의 뒤안길로 서서히 사라져버렸다.

오늘날 그린란드 인구 중 순수 이뉴이트의 비율이 얼마나 되는지에 대한 공식적인 집계는 불가능하나, 대체로 북부보다는 남부로 내려갈수록 혼혈의 특색을 보이는 이들을 더 자주 마주치게 된다. 서구와 가장 먼저 접촉한 지역이 그린란드 동서부와 남부 해안이었던 데다, 근대 이후로 수도 누크나 남부의 관광도시 까코톡 같은 곳엔 늘 외부인들이 거주해왔기 때문이다. 그 외양은 물론 몇 대에 걸쳐 혼혈이 이루어졌느냐에 따라 다양한데, 때론 검은 머리칼이나 검은 눈동자처럼 기존의 이뉴이트적 외양의 특성을 여전히 띠는가 하면, 훤칠한 신장과 백인종의 피부색, 쪼뼛한 얼굴과 높은 콧대로 언뜻 서구 유럽인들과 거의 구별하기 어렵기도 하다. 게다가 순수 덴마크 혈통이기는 하지만 그린란드에서 태어나 스스로를 그린란드인이라 규정짓는 적잖은 수의 사람들까지, 이제 그린란드는 이전과는 전혀 다른 사람들이 함께 어우러져 사는 땅으로 거듭났다. 그러니 그린란드

인들이 언젠가부터 스스로를 그린란드 이누이트가 아닌 '그린란더Greenlander', 혹은 그린란드어로 '사람들'이란 뜻인 '칼라릿Kalaallit' 따위의, '그린란드에 사는 사람들'이라는 보다 큰 틀로써 정의하기 시작한 것은 당연한 흐름이었다.

더불어 '그린란드에 사는 사람들'의 스펙트럼은 이제 점점 더 무지개 빛깔을 띠고 있다. 언젠가부터 이 얼음왕국에 필리핀 여인들을 위시로 동남아 인구가 적잖게 유입되기 시작한 것이다. 그린란드를 돌아다니는 동안 덴마크인 남편을 따라 이 나라에 정착하여 청소부 같은 단순 노역부터 유창한 영어 실력을 살려 관광 안내소에서 일하는 필리핀 여인들을 종종 마주칠 수 있었으며, 무려 태권도를 가르치고 있다는 말레이시아인 소식을 듣기도 했다. 날로 늘어가는 그린란드 내 동남아 인구수의 영향을 가장 구체적으로 느낄 수 있는 곳은 다름 아닌 슈퍼마켓이다. 베트남 산 날림쌀, 일본 산 간장과 라면, 인도 산 강황까지, 그린란드의 모든 슈퍼마켓은 이제 동남아 식단을 꾸리기에 손색없

을 식재료를 갖추고 있어, 동양인 여행객인 우리로서는 밥 해먹을 적마다 여간 반가운 게 아니었다.

반갑기도 하지만, 역시 놀라움이 먼저다. 대체 어쩌다가 그 따뜻한 나라에서 여기까지 올 생각을 했을까, 고개를 설레설레 내젓는 우리에게 한술 더 뜨는 이야기가 들려온다. 지구 최북단에서 1000킬로미터도 채 떨어지지 않은 노르웨이령 스발바르 군도는 영유권을 노리는 열강들의 공세에 대항하여 적극적인 이주정책으로 인구수 늘리기에 총력을 기울이고 있는데, 어떤 입국, 체류, 노동비자도 필요 없고 임금도 높아 스칸디나비아반도와 미국, 북아프리카 등지에서 많은 노동자들이 몰려왔으며, 태국인의 경우 그 인구 비중이 노르웨이인 다음으로 높다고 한다. 섬에서 가장 번화한 도시 롱위에아르뷔엔Longyearbyen의 경우 1800명의 거주자 중 70명이 태국인이며, 그중 대부분은 신붓감을 구하기 힘든 스발바르군도 이주민들과 결혼한 태국 여인들이다. '세상의 끝' '가능성의 땅' 북극에 가장 적극적으로 진출하고 있는 아시아인은 세계 곳곳에 차이나타운을 건설하기로 유명한 중국인도, 경제대국 일본인도, 중국 못잖게 도처에 교포를 두고 있는 한국인도 아닌 동남아인들인 셈이다.

얼음 땅과 열대인, 조금 생뚱맞은 조합이지만 그린란드 입장에서 생각하면 이는 퍽 다행스런 변화이기도 하다. 그린란드가 고민하는 현안들 중 다수가 바로 절대적인 인구 부족에서 비롯하기 때문이다. 슬슬 지하자원 개발에 박차를 가해야 하는데 여기에 참여할 인력은 턱없이 부족해 외국 인력에 기대야 하니, 그

금전적인 지출이 결코 만만치 않다. 덴마크로부터 독립하고 나면 군대도 따로 만들어야 하는데 총 인구 5만7000명 중 군대에 갈 만한 젊은이들의 수가 얼마나 되겠는가. 현재의 인구만으로 이 넓은 땅을 지키기란 그야말로 어불성설이다. 그러나 동남아인들의 꾸준한 유입, 그리고 그 2세, 3세들의 탄생으로 그린란드 인구수가 차츰차츰 늘어난다면, 지금 당장은 힘들겠지만 미래의 언젠가는 지하자원 개발도, 국방도, 온전히 그린란드의 손 안에서 해결될 날이 올지도 모른다.

이 변화는 더군다나 꽤나 순조롭게 진행될 듯하다. 그린란드는 역사적으로 늘 별다른 거부감 없이 외부인들을 수용해왔다. 북극의 혹독한 자연환경에서 살아남기 위해서는 공동체 생활이 필수적이었고, 이는 서로간의 사소한 차이를 극복하는 것을 전제한다. 따라서 사회적 용납이란 누군가의 출신보다는 그 행동이나 태도에 기반을 두게 되며, 공동체 생활에 피해만 주지 않는다면, 부족한 인구수를 늘리고 새로운 유전자를 퍼뜨리는 외부인의 유입이란 꽤 환영할 만한 사건이었다.[05] 비록 이러한 특성이 18세기 덴마크의 침투에도 고스란히 적용돼, 덴마크인과 그린란드 이뉴이트 사이의 급격한 혼혈화를 통해 결과적으로 덴마크의 식민지가 되는 데에 공헌하는 아이러니가 발생하기도 했지만 말이다.

이렇듯 외부와의 활발한 교류 역사가 없는데도 편견 없이 타인을 받아들이는 그린란드의 포용력은, 최근 다인종 다문화 사회로의 전환에 격렬한 진통을 겪고 있는 한국을 떠올리게 한다.

오히려 지리적으로나 인종적으로 동남아인들과 훨씬 가까운 우리는 그러나 얼마나 지독하게 그들을 차별하고 있는가. 필리핀 신부들은 '환불 가능' '도망 안 감'이란 수식어를 달고 이 땅에 들어와 때론 가정 폭력마저 인내하며, 태국 노동자들은 체불 임금을 받지 못해도 불법 취업이 들켜 추방될까봐 찍소리도 내지 못한다. 반도국가로서 늘 외부와 소통하며 '문화 교류의 중심지' 역할을 해왔다고 자임하는 것을 한없이 부끄럽게 만드는 광경들이다. 사실 우리가 그린란드와 뭐 그리 다른 입장인가. 정도의 차이는 있지만 사람 수가 아쉬운 건 한국도 마찬가지다. 저출산 시대, 인구수가 곧 국력이 될 미래가 멀지 않았으며, 세계는 점점 다양화를 요구하는 추세로 흘러가고 있는 마당에, 인구도 늘어나고 문화적 다양성도 함양되니 우리 속 외국인들은 참 고마운 존재이지 않은가. 앞으로는 스발바르군도처럼 인구 유치를 위한 적극적인 노력을 기울이는 국가들이 점점 더 늘어나게 될 것이며, 모르긴 몰라도 한국도 그러한 경향에서 결코 자유로울 수 없을 테니 말이다.

칼라릿 누낫, 사람의 땅. 그린란드에도 사람이 산다. 가혹한 환경에 굴하지 않고 꿋꿋이 몇천 년 명맥을 이어오도록 강인한 사람이 산다. 출신과 생김새에 구애받지 않고 함께 어우러져 살 줄 아는 마음 넉넉한 사람이 산다. 그린란드에도 사람이, '사람의 땅'이란 그 무거운 이름을 기꺼이 감당할 만한, 진짜배기 사람들이 산다.

　　　　　　지나치게 잘 보존된 옛터가 못내 서글펐다.
전쟁이나 침탈로 허물어지고 그을린 폐허였다면, 그래서 단말
마의 비명이나마 크게 지를 수 있었을 그런 최후였다면 차라리
덜 비참하지 않았을까. 방치된 600여 년 세월의 더께만큼만, 꼭
그만큼만 낡은 건물들 사이를 거닐자니 우울한 몽상이 도무지
멋질 않는다. 여기, 그린란드 남부에 바이킹이 살았다. 그리고
절멸했다. 한 문명의 마지막 흔적이라기엔 너무나 멀끔한 상태
인 이 유적들은, 그네들의 번영했던 400여 년의 기억과 더불어
추위와 굶주림으로 서서히 사그라진 그 참혹한 말로까지 오롯
이 봉인하고 있다. 하얀 햇살, 그에 반짝이는 푸른 바다와 시푸
른 잔디, 그리고 괴괴한 침묵까지—회한의 유적을 둘러싼 더없
이 평화로운 정경은, 그 적나라한 대비로 그린란드 바이킹 비극
사를 더욱 도드라지게 한다.
　　바이킹이란 8세기 말부터 11세기 초까지 스칸디나비아로부

호발시 교회 전경.

터 유럽 전역으로 진출하여 약탈, 정복, 정착활동을 한 노르만족(북게르만족)을 말한다. 스칸디나비아어라는 동일한 언어를 사용하고, 동일한 생활양식을 따르고, 동일한 신을 숭배하여 스칸디나비아인이라 통칭되던 이들은 세월이 흘러 차츰 민족적 정체성을 자각하면서 곧 스웨덴, 덴마크(데인), 노르웨이로 갈라져 각기 고유의 활동 영역을 확보했다. 개중 노르웨이 바이킹들은 영국과 프랑스를 부지런히 노략하는 한편 스코틀랜드 북부, 아일랜드를 거쳐 남쪽으로는 포르투갈, 서쪽으로는 아이슬란드로 손을 뻗었다. 화산과 빙하가 많은 무인도 아이슬란드였지만 해안 지방에는 농업과 목축이 가능한 평원이 있었고, 자작나무 숲과 철 매장량도 상당했기에, 많은 노르웨이 바이킹들이 아이슬란드로 이주했다. 하지만 인구 증가는 자연스레 자원 고갈을 불렀고, 이는 곧 좀더 서쪽으로 진출해 새로운 땅을 찾아야 할 필요성으로 이어졌다.

아이슬란드 바이킹 군비에른 울프손Gunnbjorn Ulfsson이 서쪽의 새로운 땅, 그린란드에 다다른 첫 유럽인이 된 것은 순전히 우연이었다. 930년 아이슬란드에서 출발하여 사고로 항로를 이탈해 그린란드에 불시착한 그는 곧 고향으로 돌아와 자신이 발견한 이 황무지의 존재를 알린다. 그린란드에 처음으로 정착한 유럽인은 아이슬란드 바이킹 스나에비에른 갈티Snabjorn Galti와 그 무리였다. 978년, 죄를 지어 아이슬란드로부터 추방당한 스나에비에른은 무리를 이끌고 언젠가 전해들은 바 있는 '서쪽 땅'을 찾아 나선다. 그들이 마침내 도착한 그린란드의 동남부 지역 타실라크Tasiilaq는 그러나 정착지로서 그리 적절치 않은 곳이었고, 결국 첫해 겨울, 눈 때문에 옴짝달싹 못하고 갇힌 가운데 자기네들끼리 싸움이 일어나 곧 멸족해버렸다. 그리고 드디어 에이리쿠 라우데 포르발드손Eirikur Raude Porvaldsson, 머리카락과 얼굴색이 붉어 일명 '붉은 털 에릭'으로도 불리는 그린란드 바이킹의 시조가 역사에 등장한다.

붉은 털 에릭 역시 추방자였다. 죄명은 스나비요른과 매한가지로 보복 살인. 당시 바이킹 사회에 만연했던 악습으로, 살인이 일어나면 죽임당한 자의 집안에서 가해자 집안에 살인으로 보복하고, 가해자 측이 다시 이를 살인으로 되갚는 식이었다. 때론 대를 물려 악화 일로를 걷기도 한 이 복수극은 불법이었고, 보복 살인을 저지른 사람들에겐 추방령이 내려졌다. 보복

농장 및 그 부대시설을 세워 조금씩 변설하기 시작했다.

복원된 브라다흘리드 유적.

호발시 교회 유적 회관과 내부.

살인으로 이미 노르웨이에서 아이슬란드로 추방당한 상태였던 붉은 털 에릭은 또다시 같은 죄목으로 아이슬란드에서조차 3년 추방령을 받고, 결국 982년 자신의 추종자들과 25척의 배를 이 끌고 그린란드로 건너갔다. 처음 발을 디딘 지역은 마찬가지로 타실라크였지만, 붉은 털 에릭은 선구자의 실수를 답습하지 않 았다. 좀더 나은 정착지를 찾아 계속 남쪽으로 이동한 그들은 마침내 비옥한 계곡으로 둘러싸인 피오르드(현재의 투눌리알픽 Tunulliarfik)를 발견했고, 근처 콰시아수크Qassiarsuk에 터를 잡았는데 '브라다흘리드Brattahlid'라 불리는 농장 및 그 부대시설을 세워 조금씩 번성하기 시작했다.

때는 마침 이 얼음왕국에 한 줄기 햇살 같은 중세 온난기가 찾아들 무렵이었다. 너른 벌판에 파릇하게 돋은 풀은 양을 살찌 웠고, 따뜻한 날씨에 작물은 무럭무럭 자랐다. 농장은 점점 더 많은 일손을 필요로 했으며, 이에 붉은 털 에릭은 985년 아이슬란드로 돌아가 사람을 모으기 시작한다. 그린란드가 그린란드로 불리게 된 것도 이때부터였다. 마냥 푸르고 비옥한 '초록색 나라' 라는 살짝 과장 섞인 그의 광고에 혹하여, 이듬해 봄 500여 명의 남자, 여자, 어린이와 목재, 소 등을 잔뜩 실은 25척의 배가 에릭과 함께 그린란드로 출항했다. 유빙에 부딪히거나 사나운 북풍에 휩쓸려 난파한 배들과, 그린란드의 현실을 보고 곧장 발길을 돌려버린 배들을 제외한 14척의 배는 그대로 그린란드에 정착했고, 곧 브라다흘리드를 위시한 300~400채의 농장과 집들이 피오르드를 수놓기 시작했다. 그린란드 남부에 이누이트와는 전혀 다른 문명, 또 하나의 '작은 유럽' 이 건설되는 순간이었다.[6]

마치 한국에 있는 사람들보다 해외 교포들이 한국적인 것에 더 강한 애착을 보이듯, 그린란드 바이킹들은 이역만리에서도 유럽인으로서 자신들의 정체성을 지키려 안간힘을 썼다. 건초를 키워 소, 양, 염소를 먹이며 그 젖으로 '스키르'라 불리는 바이킹 전통 요구르트를 만들어 먹었고, 밀, 보리, 양배추를 심어 유럽 전통 식단을 고수했다. 육신의 빵만이 아니라 정신의 빵도 유럽 것이어야 했다. 10세기 무렵 스칸디나비아 반도의 대대적인 기독교화를 뒤이어 11세기 초반 그린란드 바이킹들 역시 기독교를 받아들였고, 주교가 파견되었으며, 피오르드에는 농장과 더불어 유럽 성당을 본뜬 교회들이 속속 들어서기 시작했다. 그리고 그들은 포기할 수 없는 유럽과의 정서적, 물질적 연대를 선택하고 독립국으로서의 위치를 포기해버렸다. 목재가 귀해

산 양과 죽은 양. 현재와 과거. 저 너머로 농장 유적이 보인다.

배가 거의 없다시피 하던 그린란드로서는 일 년에 많아야 두 번 방문하는 유럽 선박은 유럽의 물건과 동향을 전수받을 수 있는 더없이 귀중한 존재였던 까닭에, 개중 가장 자주 방문하던 노르웨이 왕국의 "자신들의 속국이 되어 조공을 바치라"는 어이없는 요구마저도 1261년 매년 두 척의 배를 파견해달라는 조건하에 받아들이고야 만 것이다. 이후 그린란드와 유럽의 교역은 노르웨이가 독점하였으며, 그들은 바다표범 가죽, 바다코끼리 엄니, 일각고래 엄니, 북극곰, 흰 바다 매 등의 그린란드 특산품과 철, 건축 및 가구용 목재, 스테인드글라스용 유리나 미사용 포도주 같은 교회 용품 등의 유럽산 물품을 맞교환하며 유럽식 생활을 유지했다.[7]

그린란드와 노르웨이 간의 이 끈끈한 끈은 그러나 14세기부터 시작된 소빙기와 급박하게 변화하던 유럽의 정세에 의해 너무나도 허무하게 끊어져버렸다. 해로가 결빙되면서 노르웨이 선박의 방문은 점점 어려워졌고, 14세기 중반 스칸디나비아에 창궐한 흑사병은 노르웨이 본토 인구를 절반으로 줄여 무역활동을 크게 위축시켰다. 1392년 맺어진 한자동맹(북해 · 발트해 연안의 독일 여러 도시가 뤼베르크를 중심으로 상업상의 목적으로 결성)은 그린란드와의 무역이 이루어지던 벨젠Bergen, Belsen(독일 동북부 지방) 항을 쇠퇴시켜버렸으며, 1400년대에 들어서는 십자군 원정의 성공으로 아랍이 좌지우지하던 지중해 무역이 유럽 차지가 되자, 아시아와 동아프리카로부터 코끼리 상아가 저렴하게 유입되면서 그린란드의 주요 교역 물품이었던 일각고래의 뿔은 그 상품 가치를 잃었다. 굳이 그린란드까지 힘들게 배를 보낼 필요가 없어진 노르웨이는 드문드문 그린란드를 찾았고, 근근이 이어지던 교역마저도 언제부터인가 완전히 중단돼버렸다. 유럽인보다 더 유럽인 같았던 그린란드 바이킹들은, 그렇게 유럽으로부터 싸늘하게 잊혀갔다.

그들은 그러나 최후의 순간까지 유럽인이길 고집했다. 점점 추워지는 날씨에도 나무와 돌로 집을 짓고, 정착하여 농사를 짓는 바이킹의 전통적 생활 방식을 버리지 않았고, (기록된 바는 없으나) 정황상 당시 중북부 지방에서 공존하던 이누이트족과 추운 날씨에 훨씬 적합한 그들의 문화를 접했을 텐데도 전혀 받아들이지 않았다. 기아와 혹한 앞에서도 꺾을 줄 몰랐던 그 아집은 그리하여 끝내 그린란드 바이킹의 운명을 꺾어버렸다. 풀이 사라지면서 가축들은 굶어 죽어갔고, 바다표범은 기후를 따라 멀리 이동해버렸지만 마을을 떠나지 않고선 뒤쫓아 사냥할 수 없었다. 고고학적 증거들은 이들이 마지막 순간엔 소의 발굽까지 모조리 먹었으며, 심지어 순록 사냥에 쓰던 사냥개들까지 잡아먹었음을 말해주고 있다. 그리고 마침내, 그린란드가 다시금 얼음왕국으로서의 면모를 완연히 되찾은 15세기 초반, 이 작은 유럽은 1408년 교회에서 있었던 결혼식 기록을 마지막으로 역사에서 사라졌다.[8] 유럽과의 문화적 · 정서적 연대를 오롯이 상징하는 교회에서, 번성과 번영을 다짐하는 결혼식을 끝으로, 그들은 그렇게 천천히 굶어 죽거나 혹은 얼어 죽어버렸다.

사람이라면 누구나 어떻게든 살고자 발버둥치기 마련이건만, 가만히 굶어서, 얼어서 죽기를 택한다는 게 가능한 것일까. 모르긴 몰라도, 중세의 다른 유럽 기독교인들과 마찬가지로 '기독교인'으로서 '이교도'의, '문명인'으로서 '야만인'의 문화를 받아들일 수 없다 못 박았던 그네들의 자긍심도 한몫했으리라. 마냥 윤택하지만은 않은 이 땅에서 살아가기 위해서는 서로 협력하여 농사를 짓고 양을 치지 않으

오늘날 그린란드 남부는 그린란드 바이킹들이 그토록 고대하던 푸른 빛을 다시금 되찾았다.

당시의 복장을 하고 관광객들에게 유적을 설명 중인 가이드.

면 안 되었던 그들을 하나로 묶어주는 구심점이 바로 유럽의 문화와 종교였다는 것을 생각하면, 그것은 쓸데없는 자존심이 아닌 당연한 선택이었다. 게다가 그들은 그린란드가 한창 따뜻할 때 처음 이 땅에 발을 디뎌, 아마 온난기와 한랭기가 반복된다는 걸 몰랐을 것이다. 그리하여 닥쳐오는 소빙하기[19]를 그저 일시적인 추위로 여기며 이 '변덕'이 지나가면 곧 따뜻한 날이 오리라, 날씨만 다시 따뜻해지면 조상들이 유럽 곳곳에 무려 3000여 년이나 번성시켰던 낙농 문화가 자신들을 다시금 번성케 하리라, 끝까지 그런 희망과 확신을 품은 채 죽어갔으리라.

따사로운 햇살과 선선한 바람, 보드라운 잔디와 노란 민들레에 마음이 더욱 애틋해진다. 오늘 같은 날만을, 이런 날씨를, 이런 풍광을, 그네들은 얼마나 손꼽아 기다렸을까. 긴 시간을 돌고 돌아 다시금 따뜻해진 그린란드에서, 박제된 듯 잘 보존된 유적 사이를 거닐며, 그린란드 바이킹을 추억한다. 10세기 노르웨이식 디자인으로 복원된 콰시아수크의 브라다흘리드 유적 앞에는 금발의 백인 관광 가이드가 당시 바이킹 복장을 한 채 서 있고, 떼를 이어 썼다는 지붕을 제외하고는 거의 원형 그대로 보존된 까코톡의 거대한 석조 건축물 발세이 교회 입구로 길 가던 어미 양과 새끼양이 빠끔 고개를 내민다. 하지만 비슷하게 흉내 내봤자 그는 유적 앞에서 비싼 입장료를 받아 챙기는 고용인에 불과하며, 이미 오래전 인간의 손길이 끊긴 이곳을 어미 양과 새끼양이 그 소유권을 주장하며 낯선 침입자인 우리를 뚫어지게 응시한다. 사람은 사라지고 역사는 끝났다. 남은 건 흔적뿐이다. 그러나 유적만은 오래도록 남아 옛 위용을 전하며, 우리는 여전히 그들의 기억한다. 기억되는 한, 끝이 아니다. 그러니, 괜찮다.

사람은 사라지고 역사는 끝났다.

바 다 표 범
날 고 기 가
우 리 를
건 강 하 게
한 다

배를 갈라 내장을 들어낸다. 검붉은 간을 끄집어내더니 끝부분을 썰어 우리더러 맛보라며 건넨다. 우리는 아직 바다표범의 체온이 고스란히 남아 따끈한 생간의 미끈한 감촉과 비릿한 피맛을 음미하며, '맛있다'는 말로 사냥꾼의 호의에 답한다. 자신도 한 조각 집어 먹더니, "바다표범 생식은 우리네 전통 음식"이라며 "종주국인 덴마크 음식만 먹어서는 건강할 수 없다"는 말을 덧붙인다. 몇천 년간 땅과 바다짐승 고기, 생선 등을 주로 먹고 살아왔던 그린란드인들의 식단이 현격하게 바뀐 것은 지금으로부터 300여 년 전, 덴마크의 식민 지배로 서구 음식이 유입되면서부터였다. 빵은 어느덧 육류와 생선을 밀어내고 그린란드인들의 주식이 되었으며, 이제 그린란드의 어떤 슈퍼마켓에도 작은 베이커리 한 개씩은 꼭 찾아볼 수 있다.

덴마크 국왕 크리스티앙 4세가 보낸 해외원정단의 일방적이

피를 빼내면 불과 몇 시간 전만 해도 바다 속에서 자유로이 노닐던 바다표범은 이제 외따로멀건 지방 한 덩어리가 되어 바위 위를 구른다.

고도 자의적인 선포로, 1605년 그린란드는 덴마크령이 된다. 하지만 정작 그린란드가 덴마크의 '진정한 식민지'로 거듭난 것은 그로부터 100여 년 뒤인 1721년, 노르웨이 출신 루터파 기독교 목사인 한스 에게드Hans Egede가 그린란드로 들어오면서 였다. 노르웨이 북부 로포텐 제도에서 전도활동을 벌이던 그는 그린란드에 바이킹들이 살고 있다는 이야기를 접하고, 곧 다음 전도지로 그린란드를 지목한다. 자발적으로 기독교(가톨릭)를 받아들였던 이들 그린란드 바이킹이 여전히 기독교를 믿고 있 거나 혹은 다시 이교도의 삶으로 돌아갔으리라는 생각과, 이들 을 개신교로 이끌어야겠다는 소명의식이 불타오른 것이다. 덴 마크 국왕 프레더릭 4세에게 찾아가 그린란드에 교회를 지을 수 있도록 간청해 마침내 목적지에 발을 디딘 그를 맞이한 것은 그러나 여기저기 방치된 바이킹의 폐허뿐이었다. 소식이 끊어졌을 뿐, 여전히 바이킹의 후예들이 그린란드 어딘가에 살고 있으리라 믿어 의심치 않았던 그는 부지런히 이들의 흔적을 수소문해보지만 아무런 수확도 얻을 수 없었다. 마침내 이들이 영영 멸망하고야 말았노라 인정한 그는 꿩 대신 닭이라고 수소문 과정에서 맞닥뜨린 그린란드의 오랜 주인—그린란드 이뉴이트에게 눈을 돌렸다.

이뉴이트 말을 익히고 성경을 그녀들 말로 번역하면서, 한스 목사는 본격적인 선교활동에 나섰다. 1728년 그는 현재 그린란드의 수도인 누크 자리에 고드호프Godthab라는 도시를 세우고 교회와 교역소를 지어 이뉴이트 개종활동에 몰두했다. 비록 기독교 교리가 받아들여지기까지는 시간이 제법 걸렸지만, 기독교 그 자체는 별다른 저항 없이 서서히 이뉴이트들의 삶에 스며들었다. 애니미즘을 기반으로 한 샤머니즘을 믿어온 이뉴이트들은 선진 의료기술로 병을 고쳐주는 한스 목사를 '용한 무당'이라 여겨 반가이 맞았으며, 그의 목소리에도 곧잘 귀를 기울였다. 게다가 날씨와 바다, 빙산, 심지어 사냥된 동물 개개의 영혼에도 늘 감사하고 위로해야 한다는 애니미

그린란드 이뉴이트는 전통적으로 애니미즘과 샤머니즘을 믿어왔으며, 동물의 뼈나 돌로 조각을 만들어 신심을 표현해왔다.

즘의 전통 때문에 하루도 굿과 부적, 터부의 의무에서 자유로운 날이 없었던 이뉴이트들에게 유일신을 섬기는 기독교로의 개종은 이러한 '귀찮은 행위들'을 단번에 부정할 수 있는, 편리하고 매력적인 제안이기도 했다. 그러나 기독교는 치유의 기적(처럼 여겨졌던 의료활동)을 선사하고 구질구질한 일상을 깔끔하게 정리해주는 대신, 슬금슬금 그 이데올로기를 주입하며 이뉴이트들의 생활 근간을 흔들기 시작했다. 가장 대표적인 예가 '핵가족화'이다. 이뉴이트들은 척박한 환경에서 살아남기 위해 공동체 생활을 영위해왔으며, 이 과정에서 음식, 일, 심지어 아내까지 공유하는 전통이 생겨났다. 교회로서는 도저히 용납할 수 없는 이 '문란한' 문화는, 교회가 이뉴이트들로 하여금 부부끼리 핵가족을 형성할 것을 적극 독려하기 시작하면서 서서히 사라졌으며, 핵가족화로 인한 전통적 사회 결합의 단절과 개인의 파편화는 그린란드를 더욱 쉽사리 식민 지배의 손아귀로 밀어 넣었다.

이뉴이트들의 정신을 은근히 말살하는 것이 기독교의 역할이었다면, 이뉴이트들에게 직접적인 압박을 가하는 것은 '신문물'의 몫이었다. 덴마크는 그린란드에 '왕립 그린란드 무역청KGH, Kongelige Grønlandske Handel'을 세웠고, 이뉴이트들은 곧 무역청에서 구할 수 있는 술, 커피, 담배, 설탕 등의 사치품에 빠져들었다. 이는 이뉴이트들로 하여금 교역소 근처에서 반영구적으로 정착하여 살게끔 부추겨, 사냥하고 유목하는 그들의 전통적 생활 방식의 구심점은 급격히 무너지기 시작했다. 특히 술은 알코올을

분해하는 데 필요한 아미노산이 유전적으로 적게 생성되는 그들에겐 그야말로 파괴적인 존재였다. 덴마크와의 교류 겨우 몇십 년 만에 이뉴이트들은 지독한 알코올중독의 늪으로 빨려 들어갔으며, 마침내 1774년 덴마크는 그린란드에 왕립 그린란드무역청이 관리하는 독점무역을 강제했고, 이때부터 제2차 세계대전까지 그린란드는 오직 덴마크와 무역하며 말 잘 듣는 식민지로 길들여지기에 이르렀다.

성경 속 '빵'을 이뉴이트들이 이해하기 쉽도록 '바다표범 고기'로 번역하며 시작된 포교활동이었지만 어느새 이뉴이트들은 바다표범 고기를 멀리하고 빵을 주식을 받아들였고, 몇천 년간 술이 무엇인지도 모르고 살아왔던 이들은 이제 슈퍼마켓의 '주류 판매 가능 시간'을 법적으로 제한할 정도로 술독에 빠져버렸다. 더구나 빵도, 술도, 농사가 불가능한 이 땅에서는 100퍼센트 수입해와야 하기에, 서양 음식을 점점 더 선호하는 만큼 그린란드는 더더욱 덴마크와의 무역에, 덴마크에 의존할 수밖에 없었다. 붕괴된 삶이 가져온 무기력증은 식습관에도 그대로 반영되어, 공수해오기 힘든 만큼 높은 수입 단가를 자랑할 뿐 아니라 번거로운 조리과정을 거쳐야 하는 신선한 식재료들은 곧 외면당했다. 냉동식품, 인스턴트식품들은 곧 그린란드 식탁에 필수불가결한 요소로 자리잡았고, 이런 '쓰레기 음식'의 과다한 섭취, 그리고 음주벽은 당뇨와 비만으로 고통받는 인구수를 급격하게 늘렸다.

그러나 북유럽인들과 그린란드인들의 체질이 달라, 같은 증상이라도 그 원인이 현저하게 다른 경우가 많기 때문에, 덴마크의 발달된 당뇨·비만 개선 프로그램조차 그린란드에서는 그다지 효용을 발휘하지 못하고 있는 실정이다(덴마크인들과 비교해보면, 그린란드인들은 고혈압이 적고 인슐린 수치는 낮지만 HDL콜레스테롤 수치는 높아, 유럽인들을 기준으로 개발된 치료 방법은 유용하지 않다).

배를 갈라 검붉은 간을 끄집어내더니 끝부분을 썰어 우리더러 맛보라며 건넨다. 자신도 한 조각 집어 먹더니, "바다표범 생식은 우리네 전통 음식"이라 설명한다. 그 옛날, 이뉴이트들은 불을 피우고 요리를 하기 어려울 땐 때론 날고기를 먹어가며 생존해왔다. 반면 오늘날 이뉴이트의 후예들은 그저 별미로서 바다표범의 간이나 일각고래의 껍질 등 특정 동물의 몇몇 부위만을 날것으로 즐길 뿐, 무엇이든 익혀 먹는 데에 더 익숙해져버렸다. 덴마크의 지배 아래 소위 문명화를 거치면서 전통적인 식습관은 차차 그 모습을 감추고 있다. 사냥꾼은 우리에게 바다표범 생간을 권하며 보란 듯 먼저 한 조각 집어 먹는다. 굳이 먹지 않아도 되는 날고기를 취재진 앞에서 먹어 보이며 "종주국인 덴마크 음식만 먹어서는 건강할 수 없다"는 말을 덧붙인다. 예수님의 살과 피라는 빵과 포도주를 먹고 마신 이래, 그린란드 사람들의 육체는 피폐해지고 영혼은 덴마크에 종속되었다. 바다표범 날고기를 먹으며 그들은 이제 그만 건강을 되찾고 싶다고 말한다. 우리는 잃어버린 그들의 육체와 정신의 건강이 회복되

길 기원하며 엄숙하게 생간을 나누어 먹는다. 입 안 가득 고이
는 비릿한 생피가, 마치 의식을 치르는 것만 같다.

끝, 종말, 파국. 세상의 끝에서, 기어이 끝이라는 화두를 맞닥뜨린다. 그 위치적인 상징성이 필연적으로 세계의 끝과 시작, 죽음과 탄생을 묻게 한다. 아름다운 그만큼이나 잔혹한 이 땅의 대자연은 절로 경외심을 불러일으켜, 그 앞에선 마치 애니미즘을 숭앙하던 고대인들마냥 벌벌 떨며 신의 존재를 찾지 않을 수 없다. 여기, 그린란드에서는 누구나 제 나름대로 철학자 혹은 종교 창시자가 된다. 그리하여 마치 구도자의 마음으로 영지와도 같은 이 땅을 점잔 빼며 밟아나갈 때, 빼곡히 박혀 있는 십자가 무리를 발견하고선 그야말로 기겁을 하고 마는 것이다. 산 자들의 집보다 더 눈길을 사로잡는 죽은 자들의 집—마을 어귀마다 마련된 공동묘지에 열 맞춰 선 새하얀 십자가들, 그리고 그 위에 걸린 알록달록한 화환들은 비교적 단조로운 주변 풍광과 대비되어 심지어 발랄한 인상마저 주고 있었다.

*이 정도면 과히 '십자가 군단'이라 할 만하다. 그린란드 어느 마을에서나 공동묘지가 눈에 들어온다.

  980년 덴마크의 블루투쓰 왕Harold Bluetooth이 영국의 선교사들
로부터 기독교를 수용한 것을 기점으로, 11세기에는 노르웨이
가, 가장 마지막으로 스웨덴이 기독교를 국교로 받아들이면서
스칸디나비아반도 역사는 새로운 전환점을 맞이한다. 유일신을
섬기는 종교로의 통일은, 북유럽 신화 속 여러 신들을 각기 숭배
하며 반도 곳곳에 산발적으로 흩어져 있던 소규모 바이킹 부족
들을 연합하여 단일국가로 거듭나는 데 크게 기여했다. 비기독
교적인 것들이 배척되면서 자연스레 북유럽 신들을 믿던 구세력
은 힘을 잃었고, 왕권은 날로 강화되어 중앙집권 체제가 확고히
자리잡았다. 뿐만 아니라 중서부 유럽지역들과의 종교적·문화

적인 동질성은, 스칸디나비아반도가 더는 변방이 아닌 '주류' 유럽 역사에 본격적으로 편승한다는 의미였다. 당시 서양사회에 있어 기독교란 단순히 종교가 아닌 '학문의 중심'이자 '최신 지식의 총체'였으며, 로마 교황청과의 교류는 교황청 치하에 있는 다른 모든 국가들과의 교류나 다름없었기 때문이다.

스칸디나비아반도의 기독교화는 자연스레 스칸디나비아의 식민지들에도 커다란 영향을 끼쳤다. 982년 무리를 이끌고 그린란드로 건너간 붉은 털 에릭은 북유럽 신을 믿는 전형적인 바이킹이었으나 그의 아내 초틸드르Thjodhildr는 기독교인이었으며, 그녀가 남편에게 교회를 지어달라 청한 것에서 시작해 어느덧 그린란드 바이킹들은 신실한 가톨릭 신자로 거듭나기에 이르렀다. 그도 그럴 것이, '유럽에서 동떨어져 있으나 유럽 문화를 중심으로 뭉친 공동체'였던 그린란드 바이킹 사회의 특수한 정체성은 항상 유럽을 상기시킬 만한 어떤 구심점을 필요로 했고, 당시 북유럽을 비롯한 전 유럽은 기독교라는 대세가 휩쓸고 있었던 까닭이다. 그러나 그린란드에는 주재 주교가 없었다. 지역 유지 혹은 족장이 지은 초기 교회는 개인 소유였으며, 십일조의 일부도 지주가 가져갔다. 견진성사堅振聖事(가톨릭교회의 7성사 중 세례성사 다음에 받는 의식)를 행하고, 교회를 신성한 곳으로 승화시키려면 주교가 상주해야 했으므로, 마침내 1118년 그린란드 바이킹들은 노르웨이로 건너가 왕에게 주교를 파견해줄 것을 청원한다. 바다코끼리의 상아와 고래의 뼈, 북극곰 새끼 두 마리 등 사치스러운 선물이 함께 곁들여진 이 요청은 곧 효과를 발휘하여 스웨덴 출신 수도사 아르날Arnald이 1124년 그린란드 첫 주재 주교로 임명되었으며, 1126년 그가 그린란드에 도착했을 때는 벌써 가르다르Gardar 지역에 붉은 사암으로 지어진 교회가 그를 기다리고 있었다.

이후 수세기에 걸쳐 순차적으로 파견된 9명의 주교가 그린란드에서 가장 심혈을 기울인 작업은 교회 터의 소유권을 주교에게 양도케 하고 십일조의 권한을 교황청으로 돌리는 것이었다. 또한 교황의 권위를 세우기 위해 교회들이 본격적으로 건설되면서 마침내 그린란드 교구는 하나의 주교좌성당, 13곳의 큰 교회, 그 외의 작은 교회들과 수도원, 수녀원 각각 한 개씩으로 구성되기에 이르렀다. 그러나 문제는 유럽 성당을 본뜬 이 건물들의 크기와 숫자가 신도들의 수에 비해 터무니없이 크다는 데 있었다. 그린란드에 부족한 목재 자원이 교회 건축에 집중되면서 상대적으로 사냥용 선박 건조 및 수리활동은 제한될 수밖에 없었고, 이에 전반적인 사냥활동 역시 위축되었다. 게다가 교회와 관련된 토지가 점점 넓어짐에 따라(심지어 동쪽 정착지에서는 전체 토지 3분의 1가량이 교회와 관련된 땅이었다) 그린란드에서 가장 좋은 터들이 농장으로 활용되지 못하면서 농축산물 생산도 줄어들었다. 유럽으로부터 스테인드글라스, 미사용 포도주 따위의 교회 용품을 수입하는 데에도 엄청난 비용이 들었다. 결국 유럽인으로서의 정체성을 확인시켜 그린란드 바이킹 공동체를 유지하는 필수조건이었던 기독교가 그와 동시에 바이킹 사회를 파

18세기 이후 그린란드 바이킹의 옛 터에 다시금 들어선 교회.

바다와 더불어 사는 그린란드라
교회에서도 배와 관련된 상징들을
자주 볼 수 있다.

멸로 이끌어갔던 셈이니, 참 얄궂은 아이러니다.

그린란드 바이킹 사회가 멸망하면서 함께 종말을 맞이한 그린란드 기독교 역사는 1721년 노르웨이 출신 루터파 기독교 목사 한스 에게드의 선교활동으로 화려하게 부활한다. 물론 스칸디나비아반도가 중앙집권화와 주류 유럽으로의 편승에 방점을 찍어 기독교를 수용하고, 그린란드 바이킹들이 공동체를 효율적으로 유지하기 위해 기독교를 받아들였듯, 한스 목사의 선교활동 역시 순수한 종교적 열정에서만 비롯한 것이라 보긴 어렵다. 당시 유럽은 한창 식민지 개척활동에 열의를 띠고 있었고, 덴마크 국왕 프레더릭 4세가 한스 목사를 그린란드에 파견한 것 또한 기독교의 세력 확장보다는 식민지 확장에 더 무게가 실려 있었다.[10] 그리고 제국주의를 등에 업은 기독교는 그 본래 정신과는 별개로, 이뉴이트 전통사회를 무력화시키는 데 그야말로 주효한 무기가 되고 말았다. 기독교 특유의 죄의식은 이뉴이트들의 순종을 이끌어냈고, 기독교의 사후세계는 식민 현실을 외면하고 피안의 것에 집착하도록 독려했다. 기독교의 문화와 도덕이 절대선, 절대 기준이 되자 이뉴이트들은 그들의 문화와 전통, 더 나아가 그들 스스로를 열등한 것으로 인식하는 시선에 동조하여 무작정 서구의 것을 좇으면서 서서히 자신의 정체성을 잃어갔다. 물론 이는 비단 그린란드 이뉴이트뿐 아니라 근현대 유럽의 식민 야욕에 희생되어 기독교를 강매당한 바 있는 세계 모든 국가들이 공통적으로 겪어야 했던 역사적 비극이자, 극복해야 할 과제이기도 하다.

북쪽 지역으로 갈수록 얼어붙은 땅을 파낼 수 없어 묻는 대신 콘크리트로 무덤을 쌓아 올리는 경우를 자주 볼 수 있다.

얼어붙은 땅을 파내는 대신 콘크리트로 봉긋하게 쌓아올린 무덤들 앞에 새하얀 십자가들이 열 맞춰 서 있다. 그 위엔 합성섬유로 만든 알록달록한 화환들이 걸려 있다. 오래도록 닳지 않을 콘크리트 무덤, 오래도록 썩지 않을 합성섬유 화환을 보며 기독교의 영원과 영생을 연상한다. 어쩌면 영원과 영생, 그 심오한 기독교의 가르침이 이 땅에서는 고작 콘크리트와 플라스틱으로 박제된 죽음 정도로 전락해버린 것은 아닌지, 기독교의 이름으로 설파한 진리와 가르침이 이누이트들을 구원하기는커녕 오히려 나락으로 떨어뜨리지는 않았는지, 괜한 냉소를 흘려본다. 세상의 끝에서 마주한 '끝'이라는 화두 끝에, 십자가가 열 지어 있다. 예수 그리스도가 못 박히면서 '형벌'에서 '구원'의 상징으로 거듭났다던 십자가. 그 십자가들이 그린란드 벌판을, 한국의 밤하늘을, 하얗고 벌겋게 수놓고 있거늘, 어째서인지 구원은 여기서나 저기서나 아직 먼 나라, 먼 하늘나라 이야기만 같으니.

고된 스키 여정에 시달리다 못해 엿가락처럼 휘어 이리저리 꼬인 발가락을 보고, 실례인 줄 알면서도 경악에 찬 탄식을 멈출 수가 없다. 눈에 반사되어 더욱 따가운 북극의 뙤약볕을 오롯이 맞대면한 이 대학생들의 얼굴은 선글라스 모양으로 하얗게 남은 눈 주변을 빼고는 가벼운 화상으로 벌겋게 달아올라 있었다. 그린란드의 내륙 얼음을 남쪽 끝에서부터 북쪽 끝까지 스키로 횡단하는 것을 목표로 한참 이동 중이란다, 그것도 식량이랑 침낭은 썰매에 실어다 어깨에 직접 메고 개처럼 끌면서. 행글라이더를 달고 가기 때문에 바람이 불면 훨씬 손쉽게 이동한다며 천연덕스레 말을 잇는 데엔 그저 혀를 내두르며 말을 잃을 뿐이었다. 우리가 한 달여 뒤에 북쪽 마을에 방문할 것 같다고 하자 대충 날짜를 계산해보더니 자기들도 아마 그때쯤 도착할 것 같다면서 혹시 만나면 아는 척하잖다. 물론 우리는 다른 지역들을 돌며 취재하다가 비행기로 곧장 날아가는 것이고 그네들은 한 달 내내 얼음 위에서 먹고 자며 가는 거다. 그리고 한 달 뒤, 우리는 정말 북쪽 마을에서 마주쳤다. 놀랍기도, 반갑기도 한 마음에 호들갑스레 인사를 하다보니 일행이 셋에서 둘로 줄어 있었다. 안타깝게도 한 명이 사고로 허리를 다쳐 헬리콥터에 실려 본국—노르웨이—병원으로 곧장 날아갔단다. 갑작스레 강풍이 몰아쳐 행글라이더에 대롱대롱 달린 채 공중으로 몇십 미터 솟아올랐다 추락했다 한다. 이걸 두고 용감하다 해야 할지 제정신이 아니라 해야 할지⋯⋯.

북유럽 젊은이들이 이곳 그린란드로 꾸준히 몰려든다. 도전하고, 모험하고, 스스로를 시험하기 위해 그들은 달랑 스키 하나에 생명을 의탁한 채 그린란드 내륙 빙하를 동—서로, 남—북으로 가로지른다. 그게 다 잘사는 북유럽 나라라, 먹고살기에 넉넉하니 딴짓거리 할 여유가 있어서 저지르는 '돈지랄'이라는 반 우스갯소리도 나왔지만, 그네들의 이 '지랄'은 그 직계 조상 바이킹의 역사와도 맞물리는 꽤나 유서 깊은 '지랄'이다. 뼛속까지 모험가였던 바이킹은 스칸디나비아반도로부터 남쪽으로는 무려 아프리카까지, 북쪽으로는 그린란드까지 거슬러 올라간 전적이 있다. 심지어 아메리카 대륙에 가장 먼저 발을 디딘 유럽인 역시 콜럼버스가 아니라 노르웨이계 바이킹인 그린란드 바이킹, 붉은 털 에릭의 아들 라이프 에릭슨Leif Eriksson이지 않던가. 콜럼버스보다 500년쯤 앞선 1000년경, 그는 그린란드 서쪽 바다에서 아메리카 대륙을 향해 배를 띄웠다. 그린란드 서쪽과 북아메리카 북쪽 사이에 있는 데이비스 해협의 너비는 겨우 320킬로미터로, 노르웨이와 그린란드 사이 2400킬로미터 뱃길을 오가던 바이킹으로서는 8분의 1밖에 안 되는 거리였으니 퍽 손쉬운 항해였으리라. 그는 배핀 섬Baffin Island, 래브라도Labrador를 거쳐 오늘날의 뉴펀들랜드Newfoundland의 북쪽에 위치한 랑즈 오 메도L' Anse aux Meadows에 도착해서는 '빈란드Vinland'란 지명을 붙이고 아예 눌러 살 집을 짓기도 했다.

언제부터인가 그린란드 바이킹의 역사에서 빈란드의 존재가 사라지고,▫11 소빙하기로 그린란드에 있던 본 식민지마저 멸망하면서 세상의 끝을 향한 바이킹 후예들 및 여타 유럽인들의 열망은 시들해지는 듯했지만, 16세기 후반부터 다시금 불타오르기 시작한다. 식민지 개척하려는 시작되면서 새로운 땅에 대한 관심이 급증했고, 동양과의 무역이 날로 활기를 띠자 자연스레 좀더 싸게 물품을 수입할 수 있는 새로운 무역항로를 개척하려는 움직임도 이어진 까닭이다. 특히 '북서항로', 즉 대서양에서 그린란드를 거쳐 북아메리카의 북쪽 해안을 따라 태평양에 이르는 이 뱃길은 당시 해양을 주름 잡던 스페인과 포르투갈의 방해를 받지 않고도 중국 및 인도와 교역할 수 있는 유일한 항로로 여겨져, 세계열강은 이를 개척해 선점하고자 수많은 탐험가를 그린란드로 파견했다.▫12 그리고 1815년, 유럽 전역을 뒤흔들었던 나폴레옹 전쟁이 종식되자, 유럽 각국 정부는 갑작스레 불어난 실직 군인들에게 일거리를 주기 위한 궁여지책으로 이들에게 북극 탐험을 독려했고, 이는 '울티마 툴Ultima Thule', º13 신화 속 공간을 현실 속 지도에 그려 넣고자 했던 유럽인들의 오랜 욕망과 맞물려 북극에는 곧 전례 없는 탐사 광풍이 불어닥치기 시작했다. 북서항로 개척 경쟁이 재개되고, 로버트 피어리Robert Edwin Peary, º14 프리드조프 난센Fridtjof Nansen, º15 크누드 라스무센Knud Rasmussenº16 같은 유수의 탐험가들이 등장했으며, (여러 변수 때문에 항로로서의 실용성은 없었으나 어쨌든) 북서항로가 개척된 이후로도 '최북단 고지'에 먼저 깃발을 꽂기 위한 국가 간 자존심 대결은 그칠 줄 몰랐다.

너도나도 앞서거니 뒤서거니 깃발을 꽂아대는 가운데, 유엔해양법조약UNCLOS에 따라 북극점과 그 주변 해역은 다행히 어느 누구의 손아귀로도 떨어지지 않았지만, 엄연한 대륙인 그린란드 만큼은 유럽의 영토 확장 야욕에서 결코 자유로울 수 없었다. 그린란드를 두고 가장 치열하게 다툰 이들은 덴마크와 노르웨이로, 끝내 덴마크의 승리로 귀결된 이 쟁탈전을 제대로 말하려면 스칸디나비아 역사를 무려 천 년이나 거슬러 되짚어야 한다.

크고 작은 바이킹 부족체로 분열되어 있던 스칸디나비아반도는 10세기 무렵 기독교를 수용하면서 종교적·문화적 공감대를 마련했고, 이를 기반으로 탄생한 덴마크, 스웨덴, 노르웨이 3개 왕국은 1397년 칼마 연합Kalmar Union을 형성해 서로 합병한다. 엄밀히 따지면 세 왕국 모두 주권만 살짝 포기했을 뿐 독립성을 포기한 것은 아니었지만, 어쨌든 한 명의 공통 군주의 지배 아래, 특히 외교에 있어서는 단일한 국가로서 행사하던 칼마 연합이었다. 그러나 1430년대 덴마크가 연합을 좌지우지하는 상황을 스웨덴 측에서 아니꼬워하면서 흔들리기 시작해, 1523년 스웨덴이 독자적으로 왕을 추대하면서 끝내 해체되어 이 연합은 덴마크-노르웨이 왕국과 스웨덴으로 갈라지고 만다. 비록 그 명칭은 덴마크-노르웨이 왕국이었으나 주도권은 경제력이 센 덴마크에 있었고, 그린란드를 비롯한 노르웨이의 해외 식민지들은 덴마크-노르웨이 왕국의 올덴버그 Oldenburg 왕조 소유로 남았는데, 한 국가 내의 이러한 힘의 불균형은 이후 꽤나 우스꽝스러운 비극을 낳고 말았다.

전 유럽을 뒤엎었던 나폴레옹 전쟁이 프랑스의 패배로 끝나자, 프랑스를 지원했던 패전국 덴마크는 연합국들을 지원했던 승전국 스웨덴과 1814년 키엘 Kiel 조약을 체결하면서, 노르웨이를 스웨덴에 넘겨주는 대신 그린란드, 패로 섬, 아이슬란드 등 원래 노르웨이의 소유였던 식민지들 대부분에 대한 권한을 약속받았던 것이다. 졸지에 식민지를 다 잃고 남의 나라에 팔려가게 된 노르웨이는 격분했으며, 곧 스웨덴으로부터 독립하면서 스칸디나비아반도는 마침내 다시금 세 개의 왕국으로 갈라졌고, 결론적으론 덴마크만 손 안 대고 코 푸는 격으로 그린란드를 차지한 셈이다.

1605년 덴마크의 그린란드 식민지 선포, 1721년 한스 에게드 목사의 전도활동 그리고 1814년 키엘 조약까지, 사실 그린란드에 대한 덴마크의 권한은 노르웨이를 비롯해 유럽 국가들 간에 오랜 기간 암묵적으로 용인돼왔다고 볼 수 있다. 비록 덴마크의 영토라고는 하나, 그린란드 동부 해안에는 여러 국적의 포경선들이 수시로 드나들었기 때문에 딱히 이의를 제기할 필요성을 느끼지 못한 탓도 있었을 것이다. 그러나 1900년경부터 덴마크는 차차 법적 · 행정적 조치를 통해 그린란드에 대한 실효적 지배를 강화해나갔고, 1921년 그린란드 내 모든 외국인을 추방하려는 동시에 노르웨이인들이 그린란드에 사냥 기지와 연구 단지를 만들 수 있도록 허가했던 기존의 입장을 철회하면서, 덴마크와 노르웨이 사이에는 하나둘 갈등이 불거지기 시작했다. 그리고 마침내 1931년 6월 7월, '노르웨이 북극 무역 회사'의 대표였던 노르웨이인 홀바드 디볼드Hallvard Devold는 동부 그린란드 매켄지Mackenzie 만에 노르웨이 국기를 게양하고, 노르웨이 왕의 이름으로 남쪽으로는 칼스버그Carlsberg 피오르드로부터 북쪽으로는 베셀Bessel 피오르드에 이르는 영토를 점령했다고 선포해버린다. 그해 7월 노르웨이 왕실이 공식적으로 이 선포를 허가하면서 덴마크와 노르웨이는 본격적인 외교 분쟁에 돌입했고, 1931년 7월 12일 양국은 결국 이 문제를 상설국제사법재판소PCIJ에까지 끌고 가기에 이르렀다.

양쪽의 입장은 팽팽했다. 덴마크는 그린란드에 대한 그들의 주권이 오랜 기간 지속적으로 그리고 평화적으로 행사되어왔고, 1931년까지 덴마크를 제외한 그 어떤 국가도 그린란드에 대해 영유권을 주장한 바 없다는 점, 1921년에 이르기까지 그 어떤 국가도 덴마크의 영유권 주장을 다투지 않았다는 점을 내세왔다. 그리고 노르웨이 역시 조약을 통해서 또는 독자적으로 덴마크의 그린란드 전체에 대한 영유권을 인정해왔으며, 노르웨이가 그린란드 동부를 점령했던 당시에도 덴마크의 주권이 이미 그린란드 전역에 미치고 있었다고 주장했다. 한편 노르웨이는 그린란드 매켄지만은 무주지(terra nullius)이므로 덴마크는 이곳에 대해 영유권이 없으며, 그린란드의 덴마크 식민지 한계 밖에 위치하므로 덴마크의 주권이 미치지 않는다고 주장했다. 또한 1915년부터 1921년 사이 덴마크가 여러 국가로부터 그린란드에서의 자국의 지위를 인정받으려 했던 사실은 덴마크가 이미 그린란드 전역에 대해 영유권을 갖고 있었다는 덴마크의 주장과 상충된다는 점을 지적했다.

재판소는 덴마크의 손을 들어줬다. "영유권자로서 행동하겠다는 의지 또는 의사와 그러한 권한의 실질적인 행사 또는 표현에 있어 덴마크가 더 적극적이었고, 특히 그린란드 관련 입법 조치는 가장 분명한 형태의 주권 행사이며, 그러한 조치가 그 섬의 일부 지역에만 적용되지는 않는다"는 판결이었는데, 실제로 18, 19세기 동안 덴마크의 대 그린란드 활동은 노르웨이에 비해 훨씬 더 포괄적이긴 했다. 1863년 덴마크 정부는 영국인 테일러(J. W. Taylor)에게 그린란드 동부 해안에 무역과 어업 등을 위한 기지를 건설하도록 30년 동안 양허권을 부여한 것을 비롯하여, 1905년엔 내무부 장관령으로 그린란드 주변에 3해리 영해를 선포했고, 1908년에는 그린란드 통치에 관한 법을 제정했다. 또한 제1차 세계대전처럼 영토 변화가 발생하는 시기를 틈타 미국과 영국·프랑스 등 일부 강대국들에게 그린란드에 대한 자국 영유권 주장을 지지하도록 만들었다. 결국 1933년 1월 26일, 국제 재판소의 판결에 따라 덴마크는 한때 그린란드와 가장 밀접한 관계를 가졌던 유럽 국가인 노르웨이를 밀어내고 그린란드 전체에 대한 영유권을 국제사회에서 공인받기에 이르렀으나, 노르웨이 측에서는 당시 노르웨이의 국제적 위상이 덴마크보다 낮았기에 일어난 비극이라 평하곤 한다.

허나 정복하여 깃발을 꽂고 '점령'을 선포하는가 하면, 국제 재판까지 벌여가며 소유권을 왈가왈부했던 그 상황 자체부터가 근현대의 비극이자 코미디이지 않은가. 이 모든 사태는 그저 그들만의 리그였을 뿐, 정작 옛날 옛적부터 그곳에 터를 잡고 살던 이들과는 전혀 상관없이 발발하여 진행되고 또 결론났다. 게다가 그린란드 자치정부가 수립되고 독립까지 추진 중인 오늘날마저도, 나폴레옹 전쟁 이후 제2의 탐사 광풍의 조짐이 보인다 할 만큼 북유럽을 비롯해 세계 강대국들로부터 과학자, 개발자 군단들이 이 섬에 벌떼처럼 몰려들어 그린란드 지하자원 개발 이권 다툼에 여념이 없다. 직접적으로 수탈하는 수준에서 간신히 벗어났을 뿐 제국주의는 여전히 건재하다. 그린란드로 몰려드는 북유럽 젊은이들은, 그들의 용기와 도전 정신을 은근히 의심 어린 눈초리로 주시한다. 북극이, 그린란드가, 이젠 과연 19세기 '탐험가'들의 시각으로부터 완연히 자유로운 걸까. 혹 그들에게 그린란드는 아직도 '울티마 툴레', 꿈과 환상과 모험과

정복의 땅은 아닌가. 그래봤자 오십보백보, 이런 소릴 주워섬기는 나 역시 따지고 보면 그 제국주의적인 시각으로부터 그리 결백할 것 없다. 당장 도로를 점거한 도요타 자동차와 슈퍼마켓에 즐비한 동남아 산 식품, 중국 음식점 하나 없는 거리를 보며, 일본과 동남아시아가 더 장악하기 전에, 중국이 진출하기 전에, 어서 우리 한국 기업도 이 땅에 발을 디뎌야 할 텐데, 라는 생각부터 퍼뜩 들었으니. 누가 누굴 욕하겠는가.

그 린 란 드
모 던
보 이 들 의
깜 찍 한
반 란 을
응 원 합 니 다

북극에서 수상스키라니. 아무리 여름이라도 그렇지, 춥지도 않나. 그린란드 남부 최대의 도시 까코톡에서 수상스키를 즐기는 젊은이들을 보며 몸서리를 친다. 물론 엄격히 따지고 들자면 까코톡은 북극권에 들지 않지만, 그래도 북위 60도쯤에 위치한 추운 지방이다. 호기심이 발동하여, 홀딱 젖은 채 오들오들 떨면서도 마냥 신나게 떠들어대는 그들에게 다가가 "춥지 않느냐"고 묻자 우문현답이라고, "익숙하다"라는 답변이 돌아온다. 워낙 사람 드물고 심심한 이 나라에서 간만에 또래로 보이는 사람들을 만나니 반가움에 계속 말을 붙였다. 모두들 고향은 이곳 까코톡. 영어를 꽤 유창하게 구사한다 싶었더니 덴마크에서 대학을 다니고 있으며, 방학을 맞아 집에 잠깐 돌아와 있단다. 막상 오니 마땅한 오락거리가 없어 수상스키를 타거나 선상 파티를 벌이며 하루하루 보내고 있다고.

물론 도로가 발달될 수 없는 이 얼음섬에서 모터보트는 자가

용과 비슷한 구실을 하고, 따라서 그 가격 역시 싼 편이라는 환경 차이를 감안한다 해도, 또래 젊은이들의 소일거리가 수상스키와 선상 파티라니! 놀라움, 부러움과 더불어 한 줄기 개운치 않은 생각이 찾아든다. 젊은 그들에게 고국 그린란드는 그저 지루하고 따분한 곳에 불과할까. 혹여 그들은 덴마크로 돌아갈 날만을 손꼽아 기다리며 시간을 죽이고 있는 것은 아닐까. 어쩌면 그들의 마음가짐이란, 여름 한철 식민지 그린란드에 휴가를 즐기러 온 덴마크인들의 그것과 별다를 바 없는 것은 아닐까. 덴마크 유학, 수상스키, 선상 파티… 그린란드의 모든 젊은이가 이런 삶을 누리고 있는 것은 아닐 테고, 결국 어느 정도 경제적 여유 있는 집안의 자제들일 터. 문득 일제강점기 조선의 모던보이들이 연상된다. 주로 부호와 지주의 자녀들로 일본 유학파 식자층이었으나, 별 시대의식 없이 일본의 신문물을 추앙하며 개인의 행복에만 몰두하던, 그때 그 시절 모던보이들. 그린란드라고 그런 사람들이 없었겠는가, 혹은 지금이라고 그런 사람들이 없겠는가.

누크의 가정집에서 만난 애완 견. 이제 유럽의 영향 아래 애완 견도 받아들이기 시작한 모양이다.

그린란드 모던보이들을 가장 많이 만나볼 수 있는 곳, 그린란드의 수도 '누크Nuuk'는 차라리 '그린란드의 코펜하겐'이라

불려야 할 것 같다. 그린란드 전역에서 어김없이 귀를 고문해오
던 그린란드 대중가요였건만, 누크에서만큼은 모두 유럽 대중
가요로 대체된다. 그린란드에서 유일하게 도시 전역을 관통하
여 닦여 있는 아스팔트 포장도로(그린란드에서 유일하게 자동차 신
호등과 보행자 신호등이 설치된 곳이기도 하다) 위로 코펜하겐에서
보던 노란색 이층 버스가 운행하고, 좀처럼 볼 수 없었던 벤츠,
아우디 같은 유럽산 고급 차종들이 음악을 크게 틀고 달린다.
'아이리시 펍'이란 간판을 달고 정말 아이리시 펍 같은 분위기
를 내는 술집들, 줄을 서서 먹는 덴마크식 핫도그 전문점, 세련
된 옷차림의 젊은이들이 커피숍에 앉아 갓 뽑은 에스프레소에
시나먼롤을 곁들여 먹으며 덴마크어와 그린란드어로 번갈아가
며 수다 떠는 모습까지. 그에 '자본'과 '웨스턴'에 열광하며 암

하늘에서 내려다 본 누크.

누크의 카투아크 문화센터. 그린란드 내 가장 아름다운 건축물로 정평이 나 있다.

울한 세태, 식민지 현실을 잊으려 들었던 조선의 모던보이들의 모습이 잔상처럼 겹쳐진다. 한 나라의 수도라는 곳이 지나치다 싶을 정도로 다른 나라의 수도—코펜하겐을 빼닮고, 서구 유럽의 풍조는 이미 유행을 넘어서 일상이 되어버린 듯한 이 나라의 젊은이들에게, '독립'이라는 단어는 과연 무엇을 의미할까.

물론 덴마크의 식민지로서 본격적으로 편입된 지 300여 년, 세대가 세 번도 넘게 바뀔 세월이 지났음을 감안한다면, 그린란드가 덴마크에 이처럼 철저히 동화되는 것은 퍽 자연스러운 현상이라 볼 수 있다. 또한 한국 현대사에 식민지 근대화론이 있는 것처럼, 그린란드에도 '덴마크가 아니었더라면 상황이 더 나빴을 것'이란 인식이 더러 있다. '급박한 세계 정세 속에서 자체적으로도 충분히 스스로를 일으켰을 것'이라 가정하기엔 그린란드의 인구수가 형편없이 적으며 그 환경 역시 너무나 척박하다는 한계가 분명하고, 그나마 덴마크는 '식민모국 치고는 비교적 양심적'이었다고 감히 평가받을 만하기 때문이란다. 사실 세계 식민 역사를 통틀어 그린란드만큼 고생 덜 한 식민지도 드물 것이다. 덴마크는 한 번도 그린란드를 무력으로 짓밟거나 유별나게 수탈한 역사가 없으며, 매해 찬반 논란에 휩싸이면서도 어마어마한 액수의 보조금을 그린란드에 지급하고 있다(2001년 기준 그린란드 정부 수익의 51퍼센트에 달한다). 그린란드 전역의 관광 기념품 가게 중 마가렛 2세 현 덴마크 여왕과 프레더릭 황태자 부부의 사진이 상품으로 진열되지 않은 데가 없을 정도로, 덴마크 황실에 대한 그린란드 사람들의 동경과 지지도 여전하다. 300여 년의 '편안하고 안정적인' 식민지 생활, 자립 의지 따위 이미 오래전에 잃었다 해도 별 이상할 것 없어 보인다.

놀라운 것은 2008년 11월, 그린란드 전 국민의 70퍼센트 이상이 덴마크로부터의 독립 선언에 찬성표를 던졌다는 사실이다. 도대체 어떤 맥락에서 그랬을까 잘 이해가 가질 않다가도, 그린란드의 역사를 그린란드인들의 관점에서 읽어보니 쉬이 납득이 된다. 식량 생산활동 효율도 훨씬 뒤떨어지고 의료기술도 시원찮았던 18세기 중반, 그린란드에 살던 이누이트 인구수는 지금보다 훨씬 적었다. 그 적은 인구가 이 넓은 땅 곳곳에 산재해 있었으니, 이누이트 공동체는 가족이나 기껏해야 마을 단위를 형성하는 게 최선이었으며, 중앙정부의 부재는 결국 덴마크의 침략에 '조직적 대응' 한번 해보지 못한 채 속수무책으로 흡수되는 비극을 낳았다. 게다가 이미 기독교와 술, 담배, 커피가 이뉴이트들의 삶과 얼을 야금야금 먹어 들어간 상태였기에, 덴마크로서는 굳이 무력을 쓸 필요도 없었다. 결국 그린란드의 덴마크 식민지화가 일견 평화로워 보이는 까닭은, 덴마크가 딱히 양심적이어서가 아니라 그린란드의 특수한 상황 덕택인 셈이다. 또한 덴마크가 그린란드에 이렇다 할 수탈의 역사를 남기지 않은 결정적인 이유는, 온난화가 시작된 최근 이전까지는 이 얼음 땅에서 별달리 빼앗아올 만한 게 없었기 때문이다. 굳이 꼽자면 수산물과 빙정석氷晶石 정도인데, 그나마 빙정석 광산은 19세기 중반부터 개발되었다. 보조금에 관해서라면, 그 대부분이 덴마크로부터 생필품을 수입하는 데 쓰이기 때문에 결국 덴마크의 호주머니로 다시 돌아간다고 봐도 무방하며, 보조금 제도야말로 그린란드인들의 자립심을 무너뜨려 계속 그 수하에 두려는 담보물이란 주장도 만만찮다.

제대로 쓰이지 않은 역사도 역사이지만, 역시 당장 그린란드인들이 식민 치하에서 살갗으로 느끼는 문제점들이야말로 독립 기류의 가장 큰 원동력일 것이다. 특히 1950년대 덴마크에 의해 일방적으로 추진되었던 그린란드 근대화 프로젝트 G-60은 기본적으로 그린란드 현지의 역사 문화적 특수성은 무시한 채 밀어붙여진 다분히 '제국주의적 문명화에의 사명'을 띤 정책이었다. 그리고 그 추진과정에서 불거진 인종차별 논란은 덴마크의 외면적인 친절함 뒤에 숨겨진 제국주의를 극명하게 드러내주어 그린란드인들로 하여금 식민 지배에 반발하게끔 하는 결정적인 계기가 되었다. 덴마크는 부족한 행정 인력을 본국으로부터 끌어오기 위해 본국 사람들에게 그린란드인들보다 더 많은 임금, 더 높은 지위, 무료로 혹은 아주 싼값에 보장된 주택 따위의 인센티브를 제시했고,[17] 급기야 1960년대 중반, 그린란드 출신 공무원은 덴마크 기본 급료의 85퍼센트만을 받을 수 있다는 내용의 '출생지 기준 공무원법'이 통과하면서 이러한 차별 정책은 합법화되기에 이르렀다. 이는 그린란드인들의 노동이 덴마크인들의 노동보다 값어치가 떨어진다는 식의 인식이 법제화되는 거나 마찬가지였는데, 이 인종차별적 발상을 두고 덴마크는 '그린란드에서 태어난 그린란드인들과 덴마크인들 모두에 적용한 법'이라며 그 정당성을 주장했다.

차별이 불러온 혁명. 이는 최근 그 일생이 재조명된 조선의 독립운동가 이봉창 의사의 이야기와도 일맥상통하는 면이 있는데, 그의 일생은 이 차별이야말로 그린란드의 모던보이와 그린란드 독립 간의 연결고리가 될 수 있음을 보여준다. 본래 뼛속까지 모던보이이자 철저한 친일파로, 조선인으로 태어난 것을 부끄러워하여 기노시타 쇼조라는 일본식 이름을 내세우던 이봉창 의사가 조선의 독립을 위해 몸 바치기로 결심하게 된 계기는, 향락으로 가산을 탕진하고 가난한 노동자로 몰락하면서부터 겪은 처절한 조선인 차별 때문이었다고 한다. 조선인이기 때문에 판판이 취업을 거부당하고, 같은 일을 해도 임금은 일본인들의 몇 분의 일에 지나지 않았으며, 승진 기회는 일본인에게만 주어졌다. 천황 행렬을 구경 갔다가 조선인이라는 이유만으로 현장에서 붙잡혀 아흐레 동안 구금당해도 호소할 데조차 없었다. 열광했던 상대의 싸늘한 배신은 그 열광만큼이나 지독한 증오를 불러일으키는 법. 한때 황국신민이 되지 못해 안달했던 그는 1932년 1월 8일, 상하이에서 일왕에게 폭탄을 던져 일본의 간담을 서늘케 하고, 그리하여 조선 독립운동의 도화선이 되기에 이른다.

물론 폭탄을 투척할 만큼 암울한 상황은 아니지만, 그린란드에는 여전히 인종차별이 암암리에 그 역사를 이어오고 있으며, 그 심각성으로부터 제기된 독립이 사회적 공감을 사고 있다. 이 갈등 상황이 마냥 '자본과 웨스턴'에 심취한 듯 보이는 그린란드 모던보이들조차 간과하기 어려운 지경에 이르면, 마치 이봉창 의사가 그랬던 것처럼 그린란드의 모던보이들이야말로 가장 열성적인 독립운동가가 될 수도 있는 것인가. 앞으로의 그네들의 활약을 기대하며, 남의 나라 젊은이들을 향한 주제넘은 걱정은 이만 접으련다. 건투를 빌어요!

아 메 리 카
우 리 를
구 원 하 소 서

어쩌다 여기까지 왔니. 그놈의 거미줄은 참 길기도 하지. 그린란드에서도 가장 북쪽, 인간 최북단 거주지 시오라팔루크[18]의 어느 가정집 TV 브라운관 속에서 세계 평화를 위해 열심히 거미줄을 쏘며 날아다니는 스파이더맨에게 인사를 건넨다. 세상 끝에서까지 할리우드를 마주치고야 만다. 세상 어디를 가도 할리우드의 거미줄로부터 자유로울 수 없다. '오지' 그린란드에서도 가장 외지다는 이 마을에서마저, 성조기에서 색깔을 따왔다는 빨갛고 파란 쫄쫄이를 입고서 팍스 아메리카나를 외치는 미국 영웅이 판을 친다.

마치 할리우드 영화 속 영웅처럼 미국은 '구원자'로서 이 땅에 처음 발을 내딛었다. 제2차 세계대전이 한창이던 1940년, 히틀러가 덴마크를 점령하자 덴마크는 1941년 4월 9일 미국과 카우프만 조약을 체결하여 미군이 그린란드에 기지를 건설하는

데 동의한다. 독일 나치 군이 미 대륙에까지 마수를 뻗는 것도 방지할 겸, 미국은 곧 미 공군 기지를 남서부의 캥거루수아크, 북 동부의 피투픽Pituffik(당시 지명 툴레), 그리 고 남부의 나르사수아크 등 그린란드 각 지에 세웠다. 빙정석이 생산되었던 남부 의 이비투트Ivittuut[19] 지역 그레네달Gronnedal 계곡에는 빙정석 광산을 지키기 위한 해군 기지를 건설했으며, 강제로 빙 정석을 캐어가는 대신 식량, 의류 등 그린 란드가 필요로 하는 물품을 제공하기 시작 했다.

아이의 옷에 그려진
스파이더맨.

당시 그네들로선 그저 돌멩이에 불과 한 빙정석을 가져다 신문물로 바꾸어주 는 것만으로도 고마운 노릇인데, 정말 미 국이 그린란드의 영웅으로 등극해버리는 사건이 일어난다. 카 우프만 조약에서 미국이 덴마크 측에 내건 '그린란드는 북미 대 륙의 일부이며, 따라서 미국이 주창한 먼로주의의 영향 아래에 있다'는 전제 조건 덕택에, 그린란드도 얼떨결에 독립 비슷한 것을 맞이한 것이다. 300여 년 만에 처음으로 민족자결권을 손 에 쥐고, 200여 년간의 덴마크 무역독점에서 벗어났으니, 새로 운 미래에 대한 설렘으로 섬 전역이 들끓는 것도 무리는 아니었 다. 게다가 전쟁은 남의 비극일 뿐, 그린란드는 동쪽 해변에 있

나르사수아크 공항 한쪽, 버려진 채 방치된 비행기들.

던 기상청을 둘러싸고 단 한 차례 일어났던 아주 작은 규모의 전투[20]를 제외하곤 전쟁의 직접적 영향도 일절 겪은 바 없다. 제2차 세계대전은 둘도 없을 '기쁜 소식'이었고, 미국은 더없이 '반가운 손님'이었으며, 유럽을 초토화시킨 전쟁의 포화와 포성조차, 그네들에겐 새로운 시작을 기념하기 위한 아름다운 불꽃놀이와 축포 소리 정도로 여겨졌을지 모르겠다.

제2차 세계대전이 그린란드로 하여금 미국을 반기게 했다면, 냉전은 오히려 미국 쪽에서 그린란드를 반기게 한 계기였다. 그린란드는 혹여 북극을 가로질러 아메리카 대륙으로 날아들 소련 발 탄도미사일 공격 여부를 감시하기에 그야말로 적절한 장소였고, 심화되어가는 냉전 기류 아래 그린란드의 지정학적 중요성을 다시금 인지한 미국은 결국 1946년 덴마크에 1억만 달러를 제시하며 그린란드를 매입하려 들었다.[21] 단칼에 거래를 거부한 덴마크는 새삼 그린란드의 소유 가치를 되새겨, 1947년 카우프만 조약을 종결하고 새로운 조약을 맺자는 의사를 미국에 타진하기에 이른다. 3년간의 지루한 협상 끝에 1951년에 타결된 새 조약은 여전히 그린란드의 지리적 이점을 포기할 수 없었던 미국의 입장을 반영하여 '나머지 두 기지는 철수하되 그린란드 북서지방 툴레에 있는 툴레 미 공군 기지는 그대로 둔다'는 내용을 담고 있었다. 유일한 기지로서 툴레 기지의 역할이 강화되면서, 1953년 덴마크는 기지 증설 부지를 확보하기 위해 당시 그 근방에 살던 이누이트들을 더 북쪽 지방인 까낙으로 강제 이주시켜버렸다. 고향을 뺏긴 이들의 분노는 그린란드 전역으로 퍼져나갔고, 그 화살은 그러나 미국보다는 그들을 내쫓는 데 직접 가담한 덴마크를 향해 돌아갔다. 이후 그린란드와 덴마크의 관계는 서서히 악화 일로로 내달았으며, 이는 덴마크로부터 독립운동을 하는 데 힘을 실어주기도 했다.

이 갈등 상황은 1968년 1월 21일, 4개의 원자폭탄과 핵폭발 장치를 실은 미 공군 폭격기 B-52가 툴레 기지 부근에서 추락해 대량의 플루토늄이 주변 얼음 위로 무방비로 방출되는 사건이 터지면서 극에 달한다. 소련과의 전면전에 대비하겠답시고, 비밀리에 그린란드 하늘 위로 원자폭탄을 실은 전투기를 상시적으로 띄워온 미군 측의 경솔한 행동은, 결국 얼어붙은 그린란드 바다 위로 높이가 100미터를 넘나드는 거대한 원자폭탄 불기둥이 솟아오르는 비극을 불렀다. 주변 지역 주민 전체를 대상으로 방사능 노출 여부 진단 검사가 실시되었고, 곧이어 두어 달에 걸친 플루토늄 제거 작업이 시작되었다. 그러나 이 작업에 참여한 1000여 명 중 100명이 사망하고, 그 반수 이상의 사인이 암으로 밝혀지자 보상을 위한 농성이 일어났으며, 그 폭격기가 '정말' 6킬로그램의 플루토늄을 싣고 있었다는 사실이 간신히 인정된 1995년, 덴마크 정부는 그제야 미화 9000달러의 세제 혜택이 포함된 보상을 사건과 관련된 1500명의 덴마크인, 그린란드인 노동자들과 툴레 기지 주변 거주민들에게 지급하면서 모든 게 일단락되는 듯했다.

그로부터 30여 년이 지난 2000년 8월, 미국의 거짓말이 들통나면서 이 사건은 새로운 국면을 맞이한다. 4개의 원자폭탄 모두를 회수했다는 당시 미국 측 성명과는 달리, 폭탄 한 개가 아직 회수되지 않았다는 사실이 폭로된 것이다(심지어 미국은 덴마크와 그린란드 몰래 사라진 폭탄을 찾기 위해 '폭탄이 떨어진 장소의 해저를 조사한다'는 명목으로 까낙지역 주변 해역에 잠수함 '스타 3호'를 보내기까지 했다). 결국 미국 정부는 500그램에서 1.8킬로그램 사이의 플루토늄이 아직 회수되지 않았다는 사실을 뒤늦게 시인했지만 폭탄의 거취는 아직도 오리무중이며, 졸지에 어디 있는지도 모르는 폭탄을 떠안고 살게 된 그린란드인들이 실시간으로 겪고 있는 이 생존권의 위협은 여태 별다른 주목도 보상도 받지 못한 채 너무나 간단히 묵살되고 있는 중이다. 핵을

쥔 북한의 사소한 동태 하나하나에 전 세계가 촉각을 곤두세우고, 동북아 정세가 오락가락하는 현실에 비추어 생각하면 더욱 껄끄러운 상황이다. 그뿐이랴, 주변 지역 사냥꾼들은 고창증(동물의 위가 가스 때문에 확장되는 병) 걸린 사향소와 털 없는 바다표범 등 플루토늄에 노출되어 기형이 된 동물들이 여태껏 잡히고 있다고 보고하고 있다. 자연에 대한 자부심이 대단한 이곳 사람들에게, 기형 동물의 출현은 단지 밥벌이에의 타격이 아니라 어머니 자연이 무참히 망가져가는 모습을 그저 망연자실 지켜볼 수밖에 없다는 수치와 좌절 그리고 슬픔의 표식인 것이다.

억지로 주거지를 옮겨야 했던 아픈 기억과 더불어 플루토늄 오염, 또 아직도 어딘가에 지뢰처럼 도사리고 있을 핵폭탄까지, 지역 주민들 사이에서 툴레 기지가 폐쇄되길 바라는 분위기가 팽배해져간 것도 무리는 아니다. 그러나 2004년, 툴레 미 공군 기지 부지 임대 기간은 25년 더 연장되고 말았으며, 미국은 현재 미사일 방어체제[MD] 구축 계획의 일환으로 기지의 시설을 업그레이드할 계획까지 세우고 있다. 이제 지역 주민들은 직접 팔을 걷어붙이고 부당하게 쫓겨난 옛 터전을 회복하기 위한 투쟁에 나서기 시작했다. 까낙으로 이주 당한 이뉴이트들에게 옛 터전 피투픽으로 돌아갈 권리를 달라는 첫 소송은 그러나 2003년 덴마크 대법원에서 패소당했고, 이들은 곧장 이 사건을 유럽 인권재판소에 넘겼다. 아직 소송이 진행 중이지만, 세계 권력의 장에서 미국과 덴마크의 위상을 미루어볼 때 그다지 다른 결론이 도출될 것 같진 않다.

꾸준히 지속되어온 반(反)덴마크 정서와 더불어 반미 감정 또한 섬 전체에 들끓을 법도 하건만, 연장 조약 체결을 둘러싼 정치적 이해는 그리 단순하지만은 않다. 이번 조약은 1979년 그린란드 자치정부가 성립된 이래 그린란드의 외교 방침이 덴마크 선에서 완전히 처리되지 않은 첫 사례였으며, 당시 미 국무장관이었던 콜린 파월이 조약에 서명하기 위해 그린란드 남부의 작은 마을 이갈리쿠Igaliku를 방문한 것은 그린란드 사람들에게 외교권의 회복과 더불어 독립을 기대하게 하는 상징적인 사건이었던 까닭이다. 병 주고 약 주는 미국. 권리를 포기하며 자주를 꿈꾸는 이 아이러니 속에서 미국은 이렇게 또 의도치 않게 '반가운 소식을 물고 온 손님'이 된다.

　　그린란드가 덴마크로부터의 독립을 본격적으로 추진할수록 미국과의 연대는 더욱 심각하고 현실적인 이슈로 부각된다는 점 또한 간과할 수 없다. 기본적으로 그린란드는 미국에 호감을 갖고 있다. 마치 한국이 그러하듯, 성조기를 휘날리며 얻은 독립 때문에 그린란드는 미국에 심적으로나 물적으로 빚을 지고 있다. 그린란드의 미래는 덴마크보다는 강대국이며, 심지어 지리상으로도 더 가까운 북미와 연계되어야 바람직할 것이란 주장 또한 드세다. 국방력이 없는—그리고 너무 적은 인구 때문에 앞으로도 국방을 담당하기 힘들—그린란드가 막상 독립해버렸을 때, 그린란드를 보호해줄 이는 현실적으로 미국뿐이라는 말도 나오니, 이쯤 되면 대체 원하는 게 독립인지 아니면 보호자를 덴마크에서 미국으로 바꾸는 것인지 헷갈릴 지경이다.

자치 경험도 인구도 국제적 위상도 아직은 턱없이 부족한 그
린란드의 미래는 과연 어디로 흘러갈 것인가. 1950년대 다시금
덴마크의 일부로 남기로 했던 그 결정처럼, 이번에도 '어쩔 수
없이' '현실적으로', 단지 보호자를 바꾸는 수준의 독립을 선택
하게 될 것인가. 아직까지는 그린란드에 있어 미국의 영향력이
란 그저 반가운 손님 수준에 불과할지 모른다. 하지만 '잠시 머
무르는 손'이 손님이니, 계속 머무르면 주인 못 되란 법도 없잖
은가. 일찍이 그린란드 땅을 '구매'하려 들기까지 한 전적이 있
는 미국이, 언제까지 얌전히 손님 노릇만 하고 있을까. 게다가
이 얼음섬에도 이젠 미국이 세계경찰의 완장을 차고 이라크까
지 캐러 갔던 석유가 난다. 어쩌면 그린란드의 독립 움직임을
가장 두 팔 벌려 환영하고 있는 이들은 그린란드인들이 아닌 미
국일는지도 모른다.

우 리   안 의
소 돔 과
고 모 라
너 머

'소돔과 고모라', 타락한 자들에 의해 멸망한 성경 속 도시. 그리고 덴마크 언론들이 그린란드를 빗대어 한동안 곧잘 써먹었던 표현이기도 하다. 전체 인구가 5만밖에 안 되는데 자살률은 세계 최고를 달린다. 그린란드의 자살률은 한때 연평균 50명, 인구 10만 명당 100명까지 치솟았는가 하면(1990년대), 자살을 가장 많이 시도하는 연령대는 열다섯 살에서 열아홉 살이라고 하니 자못 충격적이다. 에이즈 예방운동 포스터가 곳곳에 심심찮게 붙어 있고, 마을 게시판에는 에이즈 검사와 예방을 위한 지역 의사의 권고문 따위가 공문으로 철해져 있을 정도로 성병 문제 또한 심각하다. 알코올중독으로 인한 고질적인 사회 병폐야 다시 말할 것도 없다. 그러나 그린란드가 소돔과 고모라에 비견될 지경에 이를 때에, 식민 모국 덴마크는 과연 결백하기만 했던가.

1941년부터 1945년 마침내 독일이 연합군에 항복하기까지,

이 얼음섬은 전쟁 아닌 전쟁, 전쟁을 방불케 한 정치사회적 변혁을 치르느라 뜨겁게 녹아내렸다. 1950년대 이전까지만 해도 덴마크의 식민 통치는 그린란드 내 무역청과 교회를 관리하는 수준에 불과했고, 이른바 이누이트들을 '계몽'한다거나 그린란드를 '근대화'하겠다는 계획은 공식적으로 시도된 바 없었다. 이 불모지의 가치란, '상품독점 수출시장'이자 '수산물과 약간의 광물을 착취하는' 정도라 인식했던 당시 덴마크로서는 당연한 행보였다. 그러므로 꽤 오랜 세월이 지나도록 이누이트들은 그때껏 그네들이 살던 전통 생활 방식을 고수하며 '신문물이 흘러 들어오긴 하지만 기본적으론 크게 달라진 것 없는 원시적인 삶'을 영위하고 있었던 셈이다.

독점무역으로 폐쇄된 채 300여 년, 그렇게 덴마크가 보여주는 만큼의 세상만 보며 살던 그린란드에 제2차 세계대전과 함께 신세계의 물결이 들이닥치면서 상황은 급변한다. 잠시나마 맛보았던 독립과 더불어 그린란드인들의 세계관과 가치관은 통째로 뒤바뀌었고, 새롭게 눈떠 더이상 만만하지만은 않은 그린란드, 그리고 '노골적인' 제국주의를 비난하는 시대적 흐름에 덴마크도 슬슬 그 태도를 바꾸지 않을 수 없었다. 1948년 당시 덴마크 수상 한스 헤드토프트Hans Hedtoft가 그린란드 지역의회와 함께 양국관계를 다시금 정의하기 위해 그린란드를 방문한 이래, 1950년 그린란드의 무역업과 관광업이 덴마크로부터 독립했으며, 1951년 마침내 그린란드는 덴마크의 일부로 남되 식민지가 아닌 군county으로서, 즉 여타 덴마크 지역과 동등한 위치로 편입하겠다고 선언하기에 이른다.[22]

덴마크는 모든 그린란드인들에게 덴마크 시민권을 주었고, 곧 그린란드에도 덴마크 본국과 동일한 수준의 의료 및 교육 서비스가 제공되기 시작했다. 악명 높은 G-60 정책도 이때부터 추진되었다. 애초에 그린란드의 역사 문화적 특수성을 고려하지 않은 데다, 급격한 사회 변화를 장려한 이 정책은 필연적으로 적지 않은 혼란과 부작용을 불러오고 말았는데, 특히 '그린란드인들의 대거 이주 프로젝트'는 그린란드 사회를 그 뿌리부터 흔들어놓았다. 그린란드 곳곳에 산재한 소규모 마을들이 더는 유지되기 어렵거나 '적절히 현대화'되기 어렵다는 가정하에, 마을 주민들은 각 지역의 중심부로 권고 혹은 강제 이주 당했다. 당시 성황리에 가동되던 대구 가공공장 덕분에 많은 일자리와 밝은 미래를 약속하는 듯하던 도시로의 이주. 그러나 줄곧 사냥을 삶의 근간으로 삼아온 그린란드인들 대다수는 갑작스런 도시생활에 전혀 적응하지 못했으며, 전통적인 공동체 생활이 철저히 와해되면서 그네들의 가치관과 정체성은 와르르 무너져 내렸다. 사람들은 그 가늘 수 없는 박탈감을 알코올, 섹스, 마약 같은 순간적인 쾌락으로 달래었고, 바닥없는 우울에 스스로 목숨을 끊는 이들이 생겨났다. 그리고 덴마크는 이에 소돔과 고모라라는 낙인을 찍어 식민 지배를 정당화하는 데 유용하게 써먹었다. 말에는 힘이 있어, 때론 사실이나 정당성 여부에 상관없이 그에 휘둘리고 또 노예가 되고 만다. 마치 '조센징들은 안 된

거리로 내몰린 아이들의 그라피티 문화.

다'는 일제의 망언이 여태 우리 사회 곳곳에 망령처럼 배회하
듯, 이 같은 덴마크의 낙인에 모르긴 몰라도 그린란드 사람들에
게도 소돔과 고모라에 그린란드를 비교하고, 소돔과 고모라를
타락시킨 자들에 그 자신을 대입하여 구제불능의 운명을 믿고
또 체념하는 경향이 서서히 번져나갔으리라.

곧 최악의 고비가 닥치면서 상황은 더욱 심각해졌다. 1980년
대, 기후 변화로 인해 대구 무리가 다른 곳으로 떠나버리자, 가
열차게 가동되던 대구 가공공장들은 하룻밤 사이 모조리 문을
닫았으며 노동자들은 거리로 나앉았다. 엎친 데 덮친 격으로,
1983년 유럽경제공동체가 '유럽 내 바다표범가죽 수입금지 협

약을 체결하면서 그린란드 바다표범 사냥꾼들의 생계 역시 위태로워졌다. 근대화 이후 끊이지 않았던 정체성 혼란과 사회적 혼돈과 더불어 경제마저 걷잡을 수 없는 침체의 나락으로 떨어지면서, 그린란드에는 세기말처럼 암울하고도 허무한 분위기가 날로 팽배해갔다. 알코올 소비 지수와 자살률은 더욱더 치솟았고, 18세기 서구에 개방되면서부터 유입된 성병 역시 그다지 절제되지 않은 성생활을 추구하던 전통과 전례 없는 인구 밀집에 힘입어 재빨리 확산되었다. 사람들이 일자리를 찾아 도시로 떠나면서 그린란드 곳곳에 버려지거나 잊힌 마을들이 즐비했고, 도시는 유입되는 인구를 감당하지 못해 집값이 코펜하겐의 두 배로 뛰면서, 도시 주변으로 슬럼가가 형성되었고 자연스레 범죄율도 높아졌다. 무엇보다도 술 취한 부모의 폭력을 피해 거리를 헤매던 아이들 역시 손쉽게 알코올과 성병에 노출되는 현실은 그린란드의 참담한 미래를 기정사실화하기에 충분했다.

희망이 꺼멓게 죽은 자리. 하지만 그린란드 사람들은 이를 거름 삼아 새로운 희망을 싹틔워내기 시작했다. 벌써부터 그린란드 사회 전반에 팽배했던 '안티 덴마크' 정서였지만, 단순히 근대화의 부작용에 대한 반감, 혹은 덴마크에 대한 사소하고도 일시적인 불만 표출에 가까웠던 불씨를 살려 좀더 구체적인 행동으로 불붙게 한 원동력은 바로 그네들 스스로 제기한 문제의식이었다. 그들은 사회 병폐의 가장 큰 원인으로 덴마크의 식민지배—그에 따른 급격한 근대화와 잃어버린 정체성을 지목하고, 전통 문화와 현대 문물 간의 시차를 좁히고 자주성을 되찾기 위한 고민을 하기 시작했다. 특히 1973년, 국민의 70퍼센트가 반대표를 던졌음에도 덴마크를 따라 어쩔 수 없이 EU에 가입해야 했던 경험은 덴마크 국회에 그린란드 대표가 있는 정도로는 그네들의 의사가 충분히 전달되지 않는다는 사실을 절절히 깨닫게 했다. 그린란드 지역 정당은 곧 자치운동을 추진하기 시작했으며, 1978년 덴마크 국회가 이를 승인함에 따라 마침내 1979년 자치정부가 수립되었다. 1982년 2월 23일 그린란드 국민의 53퍼센트가 EU를 탈퇴하는 데 동의하고 1985년 실행한 것을 시작으로 덴마크식 지명을 그린란드식 지명으로 바꾸고, 1985년 그린란드 국기를 만들어 같은 해 6월 21일 공식 채택하는 등 자치정부의 거침없는 행보가 이어졌다. 또한 학교에서는 덴마크어보다는 그린란드어로 교육하려는 경향이 점점 늘어났고, 이뉴이트의 인권과 문화, 북극의 환경을 앞장서서 보호하기 위한 이뉴이트 극지 회의 같은 단체들이 출범하는 등 그린란드의 정신적·물리적 자립 움직임은 급물살을 타기 시작하여, 오늘날 그린란드는 덴마크로부터의 완전한 독립까지 꿈꾸고 있다.

소돔과 고모라. 타락한 자들에 의해 멸망한 도시란, 은연중에 사회 타락의 책임을 개인에 전가하는, 타락의 원인을 개개인의 도덕성에서 먼저 찾으려는 개념이다. 그린란드의 혼돈과 절망이 '게으르고, 무식하며, 더러운' 이뉴이트 탓이라는 발상이 그 기저에 조금이라도 깔려 있지 않았더라면, 과연 덴마크가 그린란드를 소돔과 고모라로 칭할 수 있었을까. 그러나 소돔과 고모라와 그 징벌은 무려 기원전 1400년경쯤에 쓰인 구약성서에 등

누크에 위치한 그린란드 방송국 내부. 아직까지 덴마크나 미국 프로그램이 그린란드 방송의 대부분을 차지하지만, 지역 뉴스를 중심으로 조금씩 그린란드에서 자체 제작하는 프로그램의 비중을 늘려가고 있다.

장하는 이야기이다. 현대 사회학은 더이상 사회 병폐를 개인의 책임으로만 인식하지 않으며, 베버리지 보고서가 궁핍 · 무지 · 불결 · 나태 · 질병 등 사회 문제의 5대악을 근절하는 방안으로 먼저 제안하는 것도 개개인의 회개와 교화가 아닌 사회복지 제도, 즉 시스템의 변화다. 그린란드 북동부 까낙 지방의 알코올 문제 해법은 적절한 제도의 구축과 실행이 사회 양태를 얼마나 크게 좌우하는지를 잘 보여주는 사례다. 개개인의 지나친 소비

성향을 비난하며 술을 무조건 금지했을 때엔 도무지 낮아질 기미가 보이지 않던 알코올 소비율이, 이주치주, 도수가 높은 술의 판매를 제한하되 대신 맥주나 와인 등 도수가 낮은 술을 권하면서부터는 놀라울 정도로 급락하기 시작한 것이다. 게다가 이는 그린란드인들이 현지 상황, 현지 정서에 더 적합한 방책을 스스로 개발하여 도입한 끝에 얻어낸 성과이기에 더욱 의미가 크다.

어느덧 덴마크는 그린란드를 두고 '소돔과 고모라'라 비꼬는 것을 멈추었다. 시대가 변하고 세계 도덕과 양심이 진일보하면서 노골적인 제국주의가 지양되고, 그린란드의 식민 상황을 새로운 시각에서 인식하려는 노력이 안팎으로 이어진 덕분이다. 그러나 한번 내뱉어진 말의 효력은 쉽사리 사라지지 않아 소돔과 고모라의 망령은 아직 그린란드 곳곳을 배회하고 있고, 오늘도 그린란드 사람들은 열심히 싸운다. 알코올, 성병, 자살 문제—소돔과 고모라라는 별칭을 안겨준 이 세 가지 주범에 맞선 전쟁은, 또한 지난 시대 자신들에게 정당하지 않게 덧씌워진 굴레, 그리하여 한때 스스로 납득하기도 했던 '이뉴이트는 구제불능'이란 억울한 낙인과의 전쟁에 다름 아니다. 그런데 근현대의 상흔, 여기저기 저도 몰래 스민 식민지배의 얼룩을 찾아 치열하게 도려내려 시도하는 그린란드를 보며, 광복한 지 벌써 60여 년이 지났건만 어쩐지 남의 얘기 같지 않은 것은—아니 오히려 부럽기까지 한 것은, 어째서일까.

그 린 란 드 의
허 를 ▨ ▨ ▨
찾 아 서 ▨ ▨

고생깨나 한 것 같은데 막상 귀국할 때 보니 살이 피둥피둥 쪄 있더라는 무시무시한 진실과 대면한다. 나를 살찌운 건 팔 할이 쓰레기다. 그동안의 고된 육체노동이 무색할 만큼……. 다소 과격한 듯한 표현이지만, 인스턴트식품과 냉동식품으로 점철된 그린란드 식탁을 달리 형용할 길이 없다. 식사 때마다 고문이라도 당하는 기분, 참혹하다. 살기 위해 먹어야 했던 것들이 이제 두툼한 뱃살의 기억으로 되살아난다. 그린란드의 슈퍼마켓은 수입식품으로 넘쳐난다. 이 땅에서 자체적으로 생산되는 먹거리란 양, 사향소, 순록 등 몇몇 육류와 수산물, 그리고 최근부터 재배되기 시작한 감자 정도가 전부이니, 슈퍼마켓에 진열된 먹거리의 대부분이 수입품이래도 과언이 아니다. 게다가 진작 서구화되어버린 그린란드인들의 입맛은 그들로 하여금 이제 서양 음식 없이는 살 수 없게끔 만들어버렸으니, 아마 그린란드 땅에서 빵이 생산되는 그날까지 먹거리 수입은 계속될 것이다. 외부 의존적인 그린란드 먹거리 경제의 최대 수혜자는 덴마크다. 1774년에 시작된 덴마크의 그린란드 독점무역 강제는 제2차 세계대전 이후 공식적으로 중단되었지만, 200년에 가까운 독점무역의 역사와 여태 식민지라는 입장 덕분에 여전히 먹거리를 비롯해 모든 생필품은 덴마크 상품을 중심으로 편성되어 있다. 덴마크가 별 군소리 없이 그린란드에 엄청난 액수의 보조금을 지원하는 데도 그런 계산속이 없지 않을 것이다. 그 돈은 돌고 돌아 결국 덴마크의 호주머니로 다시금 안착할 테니까.

시장뿐 아니라 그 유통과정 역시 덴마크가 장악하고 있는 거나 다름없다. 비록 미국과 캐나다, 그 외 유럽 몇몇 국가들과 선박으로 수출입하기도 하지만, 이는 무시로 얼어버리는 바다

그린란드 슈퍼에 있는 유럽산 식품 보존세(위)좌 날씨 때문에 상품이 수급되지 않아 텅 빈 냉장고들(가운데). 또 그린란드에서 피자는 매우 흔한 먹거리다.

때문에 몇 날 며칠이고 기약 없이 중단되는 경우가 허다하다. 그린란드의 수출입 활동은 결국 항공기에 제법 크게 의존하게 되는데, 그린란드와 비행 노선으로 연결된 나라는 덴마크와 아

이슬란드밖에 없으며, 아이슬란드가 그린란드 경제에 미치는
영향은 극히 미미하니 덴마크 혼자 그린란드의 대외물자 수송
루트를 손아귀에 쥐고 흔드는 셈이다. 물론 비행기를 통한 수출
입마저도 변덕이 죽 끓듯 하는 그린란드의 날씨 탓에 심심찮게
발이 묶여버리곤 하지만. 오죽하면 그린란드의 유일한 국영 항
공사인 그린란드 항공Air Greenland은 원활한 물자 공급을 최우선
목표로, '사람보다 화물이 우선'이라는 다소 엽기적인 수송 원
칙을 적용하기까지 하겠는가. 그린란드에서 몇 번 비행하다보
면, 옆 자리에 승객 대신 들어앉은 산더미만 한 화물과 다정하
게 눈을 맞추는 노릇도 곧 익숙해진다.

　수입과정에서의 난항은 만만찮은 운송료를 상품에 부가하는
데다 물가 높기로 유명한 북유럽 국가 덴마크 경제와의 연관성
은 그린란드 물가를 세계 최고 수준으로 치솟게 한다. 전반적인
물가가 북유럽보다 10~20퍼센트 더 비싸다는 얘긴 진작부터
들었지만, 머리로 짐작하는 것과 직접 겪는 것의 간극은 과연
엄청났다. 현지인들이 즐겨 찾고, 그린란드 어디서나 간편하게
접할 수 있는 외식 메뉴는 덴마크식 핫도그로, 작은 빵 안에 소
시지 하나 끼우고 양파, 피클 다진 걸 곁들인 그야말로 기본 핫
도그 한 개에 25~30크로나, 즉 6000~7000원은 한다. 지출을
아껴보겠노라 핫도그 가게 대신 슈퍼마켓에 가서 500밀리리터
콜라를 사면 15크로나—약 3600원에, 후식이랍시고 제일 싼
아이스크림 한 개를 집어들면 11크로나, 2600원가량이다. 결국
핫도그 하나에 콜라 하나, 아이스크림 하나 곁들이는 소박한 패

스트푸드 식단에 12000~13000원을 지불해야 하는 기막힌 상황이 벌어지는 것이다.

먹거리를 비롯한 모든 생필품을 수입에만 의존할 수밖에 없는 환경, 그나마 그 수입활동마저 여의치 않다는 조건은 그린란드에 덴마크의 독점 아닌 독점, 살인적인 물가와 더불어 마침내 '쓰레기 식단'을 선사하고야 만다. 국외에서 상품을 수입해올 때에도 그렇지만, 일단 그린란드 내로 상품을 들여오는 데 성공하더라도 그것을 각 도시로 운송해갈 때의 연결 수단 역시 선박 아니면 비행기뿐인 데다, 그린란드 국내선 비행기들은 죄다 '쌍발비행기'라 그 용적량마저 얼마 되지 않아 물품의 운송시간은 자꾸만 지체되기 일쑤다. 이 삼중고를 가장 잘 버텨낼, 수송과 보관이 용이한 식료품이란 결국 인스턴트식품류, 냉동식품류 그리고 통조림류이니, 이 '쓰레기 음식들'이 그린란드의 슈퍼마켓과 더불어 그린란드인들의 식탁까지 평정하는 것은 자못 자연스러운 현상이라 할 수 있다.

먹는 즐거움이 사라진다. 매 끼니 이어지는 인스턴트식품과 냉동식품의 향연에 토기가 밀려오고, 고칼로리 저영양 식단을 따라 뒤룩뒤룩 붙는 군살에 스트레스가 몰려왔다. 생야채와 생과일은 이미 시든 상태에서 진열되어 더더욱 시들어가는 통에 가뜩이나 손대기가 꺼림칙한 데다 가격까지 터무니없이 높다. 그를 대체하고자 과일주스나 신선한 우유라도 찾자니, 그린란드인들의 입맛은 이미 옛날부터 설탕물에 색소와 과일향을 첨가한 주스와 멸균우유에 길들여져, 생과일 즙을 낸 주스나 신선한 우유는 수입해오지 않는단다. 이렇듯 '쓰레기'로 가득한 그린란드 식탁은 해외여행의 묘미가 현지만의 독특한 음식, 현지인들이 평소 즐기는 음식을 섭렵해보는 데 있다고 여기는 나 같은 사람에겐 재앙이나 다름없었지만, 로마에 가면 로마법을 따르라고, 현지인들도 그렇게 먹고 산다니 우리도 똑같이 따라 먹는 수밖에. 결국 그린란드 체류 50일 내내, 방부제와 첨가제로 범벅된 데다 눈 돌아가게 비싸기까지 한 이 쓰레기들을 위장 속에 꾹꾹 눌러 담으며 한숨만 푹푹 내쉰다.

바쁜 현대사회, 인스턴트식품과 냉동식품이 꾸준히 소비되는 거야 어느 나라인들 비슷한 사정이겠지만, 그게 꼼짝없이 주식이 되어버리고 그에 별다른 대안조차 없는 이 땅 사람들의 삶이란 과연 괜찮은 걸까. 이뉴이트 전통 식단의 '건강한 지방'을 대체한 '쓰레기 지방'의 과다 섭취로, 당장 그린란드 사회의 당뇨와 비만율이 치솟고 있다. 물론 이는 외면적으로 곧잘 드러나는 부작용이라 벌써부터 그에 대한 연구와 더불어 해결 방안 모색되고 있다. 그러나 좀더 내면적이고도 본질적인 부작용, 좀처럼 구체적으로 드러나지 않아 쉬이 주목받지 못하기에 어쩌면 당뇨나 비만보다 더 위험할 수 있는 부작용이 있었으니, 50일간 쓰레기 식단을 고수하며 가장 못 견디게 힘들었던 건, 두툼한 뱃살이 아니라 어쩐지 피폐해져버린 삶이었다.

쓰레기 식단이 혀를 죽여버린다. 혀는 늘 접하는 음식에 길들여지기 마련이고, 인스턴트식품과 냉동식품에 익숙해진 혀는 저도 모르는 새 언젠가부터 공장에서 조미한 맛을 정답이라 여기며 '공장의 맛'을 추구하게 된다. 인스턴트식품과 냉동식품은 또한 '요리'라는 과정을 철저히 생략해버린다. 좋은 재료를 골라 정성껏 다듬고, 향료와 양념의 조화를 추구하여, 마침내 인간 몸의 균형에까지 영향을 끼치는 예술활동 일체가 단번에 부정된다. 미각의 획일화는 음식의 맛과 멋에 대한 상상력을 고갈시키고, 요리의 부재는 요리하는 과정에서 발휘되는 창의성과 새로운 도전의 여지마저 없애버린다. 맛과 멋, 창의성과 도전이 사라진 음식은 생존을 위해 섭취해야 할 무언가에 불과하며, 먹는다는 행위는 '생존을 위해 무언가를 섭취하는 행위'로 그 가치가 끌어내려진다.

음식에는 철학이 담겨 있다. 단지 배를 채우고 영양을 섭취하기 위해 무언가를 먹는 것은 동물들의 행위다. 따라서 어떤 음식을 먹느냐라는 화두야말로 가장 인간다운 고민이요, 음식에 대한 치열한 고민이 바로 인간에 대한 치열한 고민이다. 요리는 철학이다. 재료를 선별하고, 구입하고, 조리하는 일련의 과정에는 요리하는 이의 철학이 반영된다. 음식에 철학이 부재하고 요리라는 철학이 생략될 때 먹는 즐거움은 사라지고, 먹는 즐거움이 사라질 때 식문화는 퇴보하며 삶의 질 역시 퇴보해버린다. 먹는 즐거움이란 단순한 쾌락의 무거운 의미, 그것을 깨달은 이제야 왜 그린란드에서의 내 삶이 그토록 피폐했던가를 어렴풋이 알 것 같다. 쓰레기 음식 속에 격리당하는 극단적인 상황에 처해보고 나서야, 삼시 세 끼 어떤 것을 내 속에 어떻게 집어넣느냐에 따라 내 몸이, 내 정신이, 그리고 내 삶이 좌우된다는 그

단순한 진리를 머리가 아닌 가슴으로 깨친다. 우리네 식문화가, 그 삶의 근간이 현대 산업사회를 거치며 어떤 위협에 노출되었던가를 피부로 느껴본 이제야 비로소, '웰빙'이 세계적 추세로 떠오를 수밖에 없는 그 필연성을 십분 공감하게 된다.

웰빙 열풍으로 한때 산업화의 산물인 가공식품이 차지했던 자리를 대신할 건강한 음식, 전통적인 방식으로 생산된 음식이 절실해지자, 각 나라들은 먹거리를 두고 본격적으로 문화 경합을 벌이고 있다. 프랑스는 샴페인 명칭을 독점하기 위해 지적재산권 분쟁을 벌이고 있고, 한일 양국 간엔 김치와 기무치 사이에 표준 획득을 둘러싸고 옥신각신하고 있다. 그린란드 역시 '청정지역'이라는 브랜드를 내세워 빙하수 개발과 유기농 먹거리 생산에 주력하며 이 흐름에 몸을 싣고 있으나, 정작 청정지역 그린란드는 여전히 쓰레기 음식의 홍수에 고립되어 있다. 마치 최신 유행을 따른답시고 그린란드에서 찌워온 두툼한 뱃살은 무시한 채, 들어가지도 않는 스키니진을 무작정 쑤셔넣어 입을 수밖에 없는 내 꼴을 보는 것 같다. 나는 하루빨리 뱃살부터 빼서 유행에 제대로 합류하겠노라 의지를 불태우고 있는데, 그린란드는 이 얄궂은 아이러니를 과연 어떻게 해결해나갈 예정인지, 자못 궁금해진다.

무작정 핸드폰을 건네는데, 엉겁결에 받아보니 백악관이었다. 당황스러워 더듬거리고 있자니 옆에서 사람 좋게 웃으며 짤막한 영어와 손짓발짓을 섞어 내게 부탁한다. "Bush… Happy… Greenland… Hello…". 영어가 서툰 자신을 대신해 조지 부시 대통령에게 인사를 해달라는 부탁. 용건이 뭐냐며 독촉해대는 백악관 전속 전화 응답원에게 "그린란드의 아콰루크라는 사람이 조지 부시에게 안부를 전한다"는 요지의 메시지를 웅얼웅얼 읊으면서, 터져나오는 웃음을 참느라 입술을 한참 깨물어야 했다. 그린란드에 온 것만으로도 충분히 팔자에 없을 경험인데, 내 평생 백악관에 전화를 다 해보다니, 그것도 북극에서. 게다가 친구에게 전화 걸 듯 익숙하게 전화번호를 누르던 걸로 미루어보아, 그는 이미 여러 차례 백악관에 전화를 해본 전적이 있음이 틀림없다.

캥거루수아크의 택시 기사이자 뮤지션, 아콰루크 에녹슨.
조끼에 선조기 브로치가 달려 있다. 녹색 플라스틱
병 안에는 보드카가 들어 있다.

아콰루크 에녹슨Aqqaluk Enoksen은 캥거루수아크의 택시 기사다. 도시 전체에 서너 대밖에 없는 택시 중 그의 택시를 탔던 우연은, 우리 숙소 근처 놀이터가 알고 보니 그의 집 앞이었다는 인연으로 이어졌다. 놀이터에서 아이들과 술래잡기 하며 놀다가, 비닐봉지 하나 들고 귀가 중이던 아콰루크와 마주쳤다. 그는 당장 우리에게 웃으면서 다가와 봉지 안에 들어 있던 맥주를 권했고, 영어 단어 몇 개와 그림을 곁들인 대화 속에 사이좋게 나눠 마시다보니 맥주 한 병이 금세 동이 나버렸다. 사람은 셋인데 두 병밖에 남지 않은 맥주를 보며 미안함에 더이상의 호의를 사양하자, 그는 택시에서부터 홀짝이던 500밀리리터짜리 탄산음료 페트병을 번쩍 들어 보이며 우리더러 계속 마시라고 권한다. 그러곤 어리둥절해하는 우리에게 기운차게 외친다. "보드카!" 탄산음료 페트병 속 액체의 정체. 우리가 음주 택시를 탔던 거구나, 뒤늦은 깨달음에 황당하기도 하고 재밌기도 해서 한참을 웃었더랬다.

한층 더 화기애애해진 분위기 속에, 갑자기 택시로 달려간 그가 전자키보드를 꺼내오더니 대뜸 우리를 위해 노래를 해준단다. 자신은 택시 기사이기도 하지만, 바에서 연주를 하는 뮤지션이기도 하다고. 우리의 열띤 호응 속 그가 들려주는 그린란드

대중음악은 그러나 그 고마운 마음과는
별개로 우리를 시험에 들게 했다. 그의
탓이 아니라 음악 자체의 문제다. 그린
란드 대중음악은 제2차 세계대전 당시
유행하던 미국 음악에 기반을 두고 발
전해왔다. 굳이 장르를 따져보자면 컨
트리 음악과 포크송의 중간쯤 될 것 같

*아파 푸크 *해녹 손의 딸 사진.

고, 솔직한 사견을 덧붙여본다면, 굉장히 촌스러운 데다 리듬감
이 희한하게 상실된 어설픈 컨트리 음악과 포크송의 중간쯤? 나
의 취향이 아니랍시고 지나치게 야박한 평가를 내린 것일 수도
있다. 그러나 그린란드 체류 내내 라디오에서, 길거리에서 흘러
나오던 그린란드 대중음악이, '여행지의 문화를 최대한 사랑하
고 즐겨야 한다'는 나의 평소 지론을 매번 좌절시켰던 것도 어
쩔 수 없는 진실이다. 물론 키보드의 자동 반주에 맞추어 건반
을 두드리며 연이어 서너 곡의 노래를 열심히 불러준 아콰루크
의 호의만은, 그 모든 괴로움을 감당하고도 남을 정도로 감동적
이었지만.

노래가 끝나자 이번엔 글쎄 자기 집으로 우릴 초대하겠단다.
오늘 처음 만난 인연치곤 좀 성급하지 않나 싶으면서도, 현지인
의 가정집을 방문해볼 기회가 그리 흔하겠냐는 생각에 곧 의기
투합해버렸다. 놀이터 앞 5층 남짓의 하얀 조립식 건물, 같은 크
기의 창문이 다닥다닥 열 지어 붙은 복도식 아파트 안으로 따라

들어가 계단을 오른다. 현관문이 빠끔 열리고, 호기심에 안을 들여다보는데… 순간 우리끼리 눈을 마주치며, 정말 들어가도 괜찮은 건가, 심각한 고민에 빠진다. 집은 꽤나 어질러져 있었다. 당장 식탁 위에 두서없이 자리잡은 빈 술병들과 이리저리 엉킨 채 한쪽 구석에 처박힌 이불이 눈에 밟힌다. 게다가 그 뭉쳐진 이불 끝엔, 아이고 맙소사. 원룸식 아파트 한쪽을 다 차지한 커다란 침대 위에 그의 여자 친구가 누워서 텔레비전을 보고 있었다. 갑자기 들이닥친 불청객에 옷도 채 입지 못하고, 벗은 몸을 이불로만 둘둘 싼 모습으로. 사색이 된 우리는 정말 나가야겠구나 싶어 슬슬 뒤로 빠져보지만, 자꾸만 괜찮다며 안으로 들어오라는 아콰루크의 방긋 웃는 얼굴을 차마 실망시킬 엄두를 내지 못하고 결국 다시 끌려 들어간다. 여자 친구 눈치를 보며 좌불안석 어쩔 줄 몰라 하는 우리 앞에 또다시 술을 대접한 그는, 태연히 미니 오디오까지 대령해서 CD를 몇 장씩 바꿔 끼워가며 이런저런 그린란드 대중음악을 틀어댄다. 이거 참 난감하기도 하고 우습기도 하고, 한 편의 코미디가 따로 없다.

호의를 거절하지 못해 머물게 된 불편한 공간. 그런데 어느새 뚜렷한 이유도 모른 채, 그 난처한 상황 때문이 아니라 이 공간 자체가 점점 더 불편해지고 있었다. 음악을 애써 귓등으로 흘려들으며 찬찬히 집 안을 둘러보면서, 도대체 이유가 무얼까 곰곰이 따져본다. 건물 자체나 가구는 별로 낡은 것 없이 깔끔했고, 웬만한 세간도 다 마련되어 있다. 잘 살펴보니 그리 어질러져 있지도, 지저분하지도 않다. 그런데도 어딘지 모르게 휑하고,

무언가 굉장히 무질서하다. 내 기분마저 덩달아 묘하게 휑하고 산만해지는 것 같아 더는 머물고 싶지 않구나, 라는 결론에 미친 그제야 불현듯 깨닫는다. 이 집에는 안락함과 안정감이 배제되어 있구나….

공간은 삶을 규정한다. 아무리 번쩍번쩍한 집인들 그곳이 단지 비바람을 피하고 먹고 자고 씻을 장소에 불과하다면, 그 안에 사는 누군가의 삶 역시 간신히 본능을 충족해가며 영위하는 수준에 그칠 뿐 더이상 풍요로워지지 않는다. 사람들이 본능적으로 더 좋은 집을 욕망하며 자꾸만 더 좋은 곳으로 이사하려는 이유도, 집, 나아가 집이 위치한 지역까지, 단순히 살아가는 곳이 아닌 삶의 터전이자 안식처이기 때문이다. 누군가의 삶은 그가 사는 집에 반영된다. 가구를 어떤 방향으로 배치하고 창문에 커튼을 다느냐 마느냐 등의 사소한 선택 하나하나는 단순히 심미안이나 경제력의 문제가 아닌, 생활의 패턴, 나아가 삶의 철학까지 오롯이 비춰내는 거울이기도 하다.

황량하고 어수선한 아콰루크의 집을 보면서, 그의 삶 역시 그만큼이나 황량하고 어수선하지 않은가 주제넘은 짐작을 하게 되는 것도 그 때문이다. 먹고사는 데엔 아무런 문제도 없어 보였다. 택시 기사가 딱히 고소득 직종은 아니겠지만, 그가 구비한 값비싼 음악 기기로 미루어보면 경제적으로 크게 어려움을 겪을 정도는 아닌 것 같다. 더군다나 여자 친구는 그린란드 항공 승무원이라니, 국영 항공사 직원 정도면 충분히 안정적인 직장이다. 그러나 그는 운전 중에도 술을 들이켜야 할 정도로 알코올에 빠져 있고, 집 안에 굴러다니는 음식이라곤 모조리 인스턴트식품에 과자, 사탕 따위다. 여자 친구가 홀랑 벗고 있든 말든 집에 낯선 손님을 끌어들이며, 화장실 한구석 세숫대야에 키운다는 애완용 거북이는 그러나 갈은 지 한 달은 되어 보이는 더러운 물에 잠겨 죽었는지 살았는지 여부조차 구별되지 않는다. 그런 그에게 삶의 위안이라곤 더 좋은 학교에 보내기 위해 멀리 떨어진 도시로 보냈다는 올해 여덟 살 난 외동딸의 사진 한 장과 음악. 그래서일까, CD의 노래가 끝나자 이젠 아예 TV에다가 미국 유명 컨트리 밴드 및 올드팝 밴드들 공연 실황 DVD를 틀기까지 하는 그 뒷모습이 어쩐지 안쓰럽게만 다가왔다.

집을 나서며 이런저런 생각에 빠진다. 아콰루크의 집이 그의 삶의 일면을 압축해서 보여주듯, 오늘 아콰루크와 함께 보낸 한나절이야말로 어쩌면 현대 그린란드인들의 삶의 일면을 압축해서 보여주고 있지는 않은지. 알코올중독. 붕괴된 삶. 급격한 산업화와 덴마크의 식민 통치 그리고 미국의 문화제국주의 아래 이젠 도무지 모호해져버린 그 자신의 정체성. 마냥 발랄하기만 한 컨트리 음악에 버무려져, 어느 이뉴이트 택시기사의 삶에 비친 그린란드의 슬픈 초상이 이방인의 가슴에 더욱 스산한 여운을 남긴다. 신나는 노래를 불러준 답례로 무려 '세계 공공의 적'으로 떠오른 리틀 조지 부시에게 자기 대신 안부를 좀 전해달라며 백악관 번호를 건네던 그 해맑은 미소가, 도저히 잊히질 않는다.

이글루는 오랗이 담배 필 적 이야기, 혹은 멀리 사냥 나갔다가 급하게 머물 곳이 필요한 경우 지을 따름이다.
오늘날 그린란드의 주거지는 다소 장난감처럼 생긴 조립형 주택이다.

꿈꾸는
그린란드

그린란드 캉거루수아크 국제공항에는 기함할 만한 표지판이 하나 서 있다.

'뉴욕까지 4시간, 모스크바까지 5시간 20분, 도쿄까지 10시간 5분, 파리까지 4시간 25분.'

그린란드가 북아메리카와 아시아, 북유럽 대륙에 둘러싸여 있다는 사실이야 익히 알고 있었지만, 그 지정학적 관계가 이렇듯 피부로 와닿으니 또 다르다. 더군다나 우리가 한국에서 그린란드로 입국했을 때를 따져보아도, 인천에서 파리를 경유하여 코펜하겐에 도착한 후 비행기 스케줄이 맞지 않아 코펜하겐에서 하루 숙박하고 캉거루수아크에 마침내 다다르기까지 최소한 30시간은 훌쩍 넘도록 소비했는데, 만약 그린란드와 한국 사이에 직항만 개설된다면 그 비행시간이 3분의 1로 줄어들 거란 얘기 아닌가!

캉거루수아크 국제공항의 표지판

그린란드의 지정학적 가치는 역사적으로 이미 증명된 바 있다. 16세기 후반 유럽인들은 북서항로를 개척하기 위해 이 얼음 땅으로 끊임없이 모험가들을 파견했으며, 냉전 시기 미국은 심지어 북극을 가로질러 날아올 소련 발 탄도미사일을 경계하기 위해 이 땅을 덴마크로부터 사려든 바 있다. 덴마크가 미국으로부터 그린란드를 끝까지 사수한 가장 큰 이유 역시 이 땅의 지정학적 중요성 때문이었으며, 미국은 냉전이 종식된 지금까지도 여전히 그린란드 주둔 부대를 고수하고 있다. 그리고 인류 역사상 국가 간 교류와 교역이 가장 활발하게 일어나는 오늘날, 그린란드의 위치적 조건은 전례 없는 주목과 기대 속에 그 가능성이 과연 어디까지 펼쳐질 수 있을지 본격적으로 시험대에 오르고 있다.

얼어붙은 땅 위로는 도로를 닦을 수 없어 차선책으로 하나둘

세운 공항이긴 하나, 덕분에 진작부터 그린란드는 국내외로 촘촘하게 비행망을 구축했으며, 이는 세계 각지가 비행기로 연결되는 현대사회에서 국제 교류의 거점 도시로 발돋움하는 데 꽤나 유용한 인프라가 될 전망이다. 인구 5만6000명의 작은 나라이지만 벌써 국제공항을 두 개나 갖추고 있고(모두 2차 대전 때 미국이 군부대를 건설하면서 함께 닦은 것이다), 관광 중심도시 일루리셋에는 현재 제3의 국제공항 건설이 추진 중이다. 개중에는 흙먼지가 휘날리는 열악한 활주로도 있긴 하지만, 어지간히 작은 마을에도 공항 한 개씩은 꼭 있다는 데 더 비중을 두고 싶다. 그러나 국제 비행망 중심지로서의 비상은 아무래도 아직까지는 억지라고밖에 볼 수 없는 반면, 북서항로의 거점으로서 그린란드의 미래는 제법 현실성을 띠고 적극 추진되고 있다. 대서양에서 그린란드를 거쳐 북아메리카의 북쪽 해안을 따라 태평양에 이르는, 일찍이 개척되었으나 북극의 난공불락 얼음에 가로막혀 지금껏 그림의 떡으로만 여겨졌던 북서항로에, 오늘날 온난화의 급속한 진행 덕분에 뱃길이 생겨나기 시작했기 때문이다. 얼음이 항로를 방해하지 않을 여름 몇 달간만이라도 북극권을 경유하여 태평양과 대서양을 직접 연결할 수 있다면, 현재 수에즈 운하나 파나마 운하를 경유하는 런던-도쿄 간 항로를 크게 단축하면서 운항 경비를 대폭 절감할 수 있기 때문에, 북서항로를 향한 사람들의 기대치는 날로 높아져가는 추세다.

인프라뿐 아니라 인재풀 역시 의도했든 의도하지 않았든 제법 글로벌 시대에 걸맞게 구축되고 있는 양상이다. 그린란드의 문맹률은 0퍼센트로 다분히 경이적인 수치이며, 그린란드 학교 언어 교육과정은 기본적으로 모국어인 그린란드어, 제2의 모국어라 할 수 있는 덴마크어, 그리고 외국어인 영어 등 모두 3개 국어를 구사하게끔 되어 있어, 커리큘럼 자체는 국제교류 시대에 결코 뒤처지지 않는다. 물론 이상과 현실은 조

배를 세워 하고선 그린란드의 일상을 논할 수 없다.

금씩 다르기 마련이라, 아직까지는 현지를 답사하면서 관공서에서조차 영어가 거의 통하지 않는 경우를 자주 맞닥뜨리지만, 세대가 바뀌고 국제화가 심화될수록 상황은 얼마든지 달라질 수 있다. 게다가 1700년대 이래 덴마크와의 꾸준한 혼혈화와 식민 통치의 결과로 대다수의 그린란드인들이 덴마크어만큼은 유창하게 구사하는 편인 데다, 매년 적지 않은 수의 그린란드 학생들이 대학 교육을 받기 위해 덴마크로 유학을 떠나 유럽 각국의 학생들과 교류하며 영어를 기본으로 독어·프랑스어 등 더 다양한 언어를 구사하는 우수 인재로 성장하고 있으니, 함부로 예단하면 안 된다. 언어 문제에 관해서라면, 최근 동남아인과

그린란드인들 간의 혼혈화 역시 주목할 만한 변수다. 필리핀인, 태국인 등 이곳으로 이주해오는 이들 동남아인 대다수는 그린란드어나 덴마크어 대신 자기네 모국어 그리고 영어를 더불어 구사하며 그린란드에서 구사되는 언어의 폭을 점차적으로 넓혀가고 있기 때문이다.

허나 이 모든 장점을 모조리 상쇄시켜버릴 만큼 치명적인 단 하나의 단점이 있다. 그린란드를 여행하는 내내 가장 많이, 그리고 가장 유용하게 쓴 표현은 '씰라 아융일락'과 '씰라 아욜뿍'—즉 '날씨가 좋습니다'와 '날씨가 나쁩니다'였다. 북극의 날씨의 변덕스러움이란 그야말로 타의 추종을 불허하는 경지였다. 구름 한 점, 바람 한 점 없다가도 한 시간 뒤엔 1미터 앞도 제대로 분간할 수 없을 정도로 짙은 안개가 끼고 돌풍이 분다. 날씨라는 변수에 따라 비행기 스케줄도 고무줄이 되어버려, 결항되어 며칠간 발이 묶이는 것 정도는 예삿일이다. 그 덕에 우리도 촬영 스케줄이 일주일간 옴짝달싹 못하고 꼬였던가 하면, 제멋대로인 비행기 이륙 시간에 맞춰 그 많은 촬영 장비와 짐을 끌고 정신없이 활주로를 내달리기도 했다. 날씨의 절대적 영향 아래 있는 것은 배편도 마찬가지다. 화창하게만 보이는 오후에도 폭풍우

어시장에서 마주친 어부 할아버지의 폭소 유발 모자.
기발한 농담인 건지 영어가 서툴러서 뜻을 잘 몰랐던 건지…

같은 장소, 고작 30분 차이의 다른 모습.

가 곧 닥칠지 아닐지 좀더 두고 본 후에야 비로소 바다에 배를 띄울 수 있었기 때문에, 인근 무인도에라도 하루 나가 있는 날이면 자칫 고립될까 염려스러워 항상 먹을거리를 이고 돌아다니곤 했다. 여름이 이러할진대 바람이 거세지고 부빙의 수가 급격히 불어나는 겨울 바다야 오죽하겠나 싶다. 게다가 이는 인간의 힘으론 도저히 어찌할 수 없는 영역이지 않은가.

그렇다고 벌써부터 손 놓는 것은 곤란하다. 만약 온난화가 이대로 계속 진행된다면 중세 온난기에 그러했듯 기후가 당분간만이라도 제법 안정기에 돌입할 가능성도 없지 않은 데다, 북서항로의 경우 부빙이 항상 난제로 손꼽혀왔으니, 얼음 상황만 안정적으로 유지된다면 운행에 있어 날씨는 그리 큰 영향을 끼치지 않을지도 모른다. 게다가 그 실현 여부와 관계없이, 국제교류의 거점으로서의 잠재성을 추구하는 그 시도만으로도 그린란드는 이미 변화의 큰 걸음을 떼고 있는 셈이다. 여태껏 세계지도에서 그린란드는 그저 '북쪽 구석 어드메 방치된 황량하고 쓸모없는 얼음섬'에 불과했으며, 그린란드 그 자신조차도 여태 그러한 인식에서 결코 자유롭지 못했다. 그러나 오늘날, 슬쩍 엿보인 희미한 가능성 하나만으로도 자기 자신을 향한 그린란드의 인식이 180도 달라지고 있다. 고립된 섬에서 국제교류의 중심지로 환골탈태를 꿈꾼다. 무력감에서 벗어나 사회 각 분야에서의 개혁과 진일보를 꿈꾼다. 혁명은 이미 시작되었다.

호주에서는 세계지도를 거꾸로 그린단다. 일반적인 세계지도

는 북반구인들이 주축이 되어 그려진 것이라 남반구 호주 대륙
은 저 아래 구석에 귀양 가듯 그려지기 일쑤이니, 호주 사람들
로서는 호주가 주축이 된 지도를 보는 것이 당연하다. 우리나라
에서도 한때 거꾸로 된 세계지도가 화제가 됐었다. (좀 촌스럽긴
하지만) '드넓은 태평양을 향해 뻗은 반도국가 대한민국을 상기
하며, 대륙 지향적 사고를 해양 지향적 사고로 전환하고 진취적
인 세계관을 고취하자'는 게 그 골자였더랬다. 그러니 늘 북쪽
저 위 구석에 그려지는 그린란드도 한번쯤은 세계지도를 거꾸
로 붙여봄 직하지 않을까. 혹은 더 나아가 '대서양을 품자' 따위
의 캠페인을 한번쯤 벌여도 좋을 법하다. 아니, 고작 대서양을
논할 계재가 아니다. 이렇게 보면 그저 북쪽 구석일 따름이지만
저렇게 보면 이곳 그린란드는 무려 세상의 시작점이자 끝점이
지 않은가. 캥거루수아크 국제공항의 표지판이, 세계 각지로 10
시간 이내에 모시겠다고 큰 소리 치며 그린란드의 존재를 세상
에 다시금 엄숙히 선포하고 있다. 꿈꾸는 그린란드에게, 불가능
이란 없다.

그린란드 가내에 그려져 있는 그림.
그린란드의 전통과 최신 기술의 산물인 비행기가
어우러진다. 앞으로 그린란드가 지구촌에 더할
그만의 독특한 색이 사뭇 기다려신다.

부록

그린란드
여행정보

그린란드 여름철(6~7월) 여행을 기준으로 작성했습니다. 자세한 정보는 그린란드 공식홈페이지 http://www.green-land.com에서 찾아볼 수 있습니다.

출발 전

1_ 입국

- 덴마크 입국 규정이 그대로 적용되니, 확인할 사항이 있다면 덴마크 입국 규정을 참조할 것.
- 한국인의 경우 무비자로 3개월까지 체류 가능. 그린란드는 입국 심사가 없다(물론 덴마크 입국시 이미 점검을 다 받았음을 전제로 한다).
- 그린란드에는 한국대사관이 없다. 덴마크 주재 한국대사관 관할이다.

2_ 입국 교통

- 비행기로만 입국 가능하다. 덴마크 코펜하겐-나르사수아크, 코펜하겐-캥거루수아크, 이렇게 두 노선만 있으며, 비행시간은 4~5시간이다. (아이슬란드-그린란드 간에도 노선이 있긴 하다. 그린란드 동부가 목적지라면 이쪽을 이용할 것.)
- 비행기 스케줄이 드문 편이고, 특히 여름은 관광 시즌이라 표가 일찍 동나버릴 수도 있으니 미리미리 일정을 정해 표를 구매할 것. 날씨 때문에 비행기 스케줄이 급히 조절될

수 있으니 출발 전 반드시 확인하자!

· 캐나다-그린란드 간 페리 혹은 비행기는 현재 서비스되지 않으니 헷갈리지 말자.

· 표 예약 및 자세한 정보는 에어 그린란드 홈페이지를 이용한다. http://www.airgreenland.com

3_환전

· 덴마크 크로네화DDK로 환전. 외환은행 중에서도 몇몇 지점에서만 환전 가능하니 미리 확인하자. 물론 코펜하겐에 도착해서 환전해도 된다. 100크로네화가 무난히 쓰인다.

· 기본적으로 그린란드 전역에서 비자카드, 마스터카드 사용이 가능하지만, 카드리더기가 고장 나서 무용지물이 될 때도 많다.

· 그린란드 내에서 여행자 수표의 커미션 비용은 배보다 배꼽이 더 큰 수준이다. 그냥 현금이나 카드를 이용하자.

· 그린란드는 세상에서 가장 비싼 동네 중 하나다. 북유럽 물가보다 10~20퍼센트 더 비싸다고 생각하면 된다. 충분한 금액을 환전하자.

4_복장

· 기본 복장 추천 : 방수, 방풍 기능 및 땀이 잘 마르는 등산복 +방수 되는 등산화 + 선글라스 + 모자 + 모기망

· 그린란드를 일주하려면 반팔부터 방한복까지, 즉 '간편한'

여름 복장부터 '심각한' 겨울 복장까지 두루 갖추는 게 기본이다. 특히 중북부 지방으로 올라갈수록 따뜻한 옷을 준비해야 하고, 남부 지방은 대게 따뜻한 편이지만 트래킹 등을 할 경우는 예외다. 하루에도 몇 번씩 날씨가 돌변하거나 돌풍이 부니 여러 겹 겹쳐 입었다 벗었다 하면 편리하다. 지역 간 이동에 배편을 이용하거나 바다표범 사냥 등에 따라 나설 경우, 바람막이 없는 모터보트에서 축축하고 차가운 바닷바람에 장시간 노출될 수도 있음을 유념할 것. 그린란드 평균 기온은 그린란드 공식홈페이지 http://www.greenland.com에서 확인할 수 있다.

· 신발은 등산화가 최고다. 등산화가 싫다면 굽이 높고 방수되는 운동화를 준비하자. 여름내 눈이 녹아 땅이 질퍽한 경우가 많고, 배를 오르내리면서 물기에 자주 노출되기 때문이다. 젖은 신발 신은 채로 갑자기 기온이 하강하면 답이 없다(물론 세계 어딜 가나 가벼운 슬리퍼 한 켤레는 항상 유용하다). 필요한 경우 지역에 따라 관광안내소에서 장화나 털부츠를 렌트할 수 있다.

· 햇볕이 강하고 그늘이 없을 때도 많으니 선글라스와 챙 있는 모자는 필수. 모기망을 쓰려면 캡보다는 사파리모자가 더 낫다. '귀가 덮이는' 따뜻한 털모자(+ 방수 장갑이나 목도리 등 겨울 복장)도 잊지 말자.

· 모기망은 현지 관광안내소마다 구비되어 있지만, 한국에서 구입하는 게 훨씬 더 저렴하다.

5_그 외 필수 품목

· 선크림과 강력보습크림, 벌레 물린 데 바를 약도 필수. 배 멀미가 심하다면 멀미약도.
· 밝은 데서 잠을 잘 못 잔다면 수면안대를 챙기자.
· 그린란드에서는 수돗물을 그대로 음용하니, 찝찝하면 작은 여과기 등을 준비할 것.

6_전압

220볼트를 사용한다. 다만 지역에 따라 전기가 원활이 공급되지 않아 자가 발전기를 써야 할 경우가 있으니 미리 확인해두자(웬만큼 큰 도시들만 다닌다면 걱정할 필요 없음).

7_공휴일

일 년에 단 하루 6월 21일 하지뿐이다. 이날은 그린란드 전역에서 축제가 벌어진다(다만 적은 인구수를 충분히 감안하여 너무 큰 기대는 말 것).

도착 후

어떤 도시이든 도착하자마자 무조건 관광안내소부터 찾자. 숙소, 국내 이동 수단, 투어 프로그램, 슈퍼마켓 위치 등 필요한 정보를 한꺼번에 안내받을 수 있다. 관광안내소에서 제공하는 그린란드 안내 소책자와 지도는 반드시 챙기자. 특히 소책자에는 각 지역 관광안내소 전화번호가 적혀 있어, 출발 전에 전화로 숙소나 투어를 예약할 수 있다(소책자 외 기타 관광안내 자료들은 그린란드 공식홈페이지 http://www.greenland.com에서 미리 다운로드할 수도 있다).

워낙 인구가 적은 나라인 만큼 '(거짓말 조금 보태서) 전 국민'이 서로 알음알음 지내기 때문에, 여행 중 뭔가 어려움에 봉착할 땐 관광안내소에 가서 매달리면 이리저리 인맥을 통해 해결해준다. 지역에 따라서는(예: 나르사수아크) 독점 비슷하게 운영하는 곳도 있으니 살살 흥정해볼 만도 하다.

8_통용 언어

· 관광안내소나 관공서에서는 영어로 의사소통하는 데 별 불편함이 없다. 슈퍼마켓이나 일반인들 사이에서는 영어가 통할 확률이 반반이다. 덴마크어를 구사할 수 있다면 훨씬 수월하다.
· 특히 북부 지방으로 올라갈수록 영어가 전혀 통하지 않을 때가 종종 있다.

9_숙소

· 도시마다 호텔부터 유스호스텔까지 하나씩은 있다. 론리플래닛에 소개된 숙소들 중에서는 문을 닫은 것들도 상당하고, 미처 소개되지 않은 숙소도 많으니 관광안내소에 물어

보거나 그린란드 공식홈페이지에서 업데이트된 정보를 확인해보는 게 최선. 단, 여름은 관광 시즌이니 미리미리 예약하자.

· 지역, 수준에 따라 가격은 천차만별이니(예를 들어 나르사수아크의 유스호스텔은 1인 기준 하룻밤 240DDK인 데 반해 그와 시설이 비슷한 일루리셋의 유스호스텔은 1인 기준 하룻밤 400 DDK이다), 개별적으로 확인해볼 것. 아침 포함, 부엌 사용 가능 여부 등 숙박 조건 역시 천차만별이다.

· 숙소에 따라 침낭이 필요한 곳도 있다. 깔끔한 숙소가 마땅 찮은 지역에 갈 예정이라면 침낭은 더더욱 필수품이다.

· 대부분의 숙소에서 코인 세탁기 등이 이용 가능하나, 세제 값은 따로 치러야 하니 한국에서 조금 가지고 가는 것도 좋은 방법이다.

10_ 슈퍼마켓, 관공서, 전화, PC방

· 슈퍼마켓, 공항, 우체국, 관광안내소 등등의 이용 시간에 유의한다. 슈퍼마켓은 대개 월~금요일은 오전 10시부터 오후 5시 반, 토요일은 오전 9시부터 오후 1시까지 영업하며, 일요일은 문을 열지 않는다. 관공서는 대개 월~금요일 오전 9시부터 오후 3시까지 운영한다. 지역마다 조금씩 차이가 있으니 미리 확인할 것.

· 대부분의 숙소에 공중전화가 비치되어 있다. 혹은 우체국 등에 가서 이용할 수도 있으나, 이용 시간이 제한되어 있으

니 주의할 것. 'Kommunia'라고 적힌 곳이 우체국이다. 은행이 없는 지역에서는 우체국이 은행 기능도 같이 한다.
- 인터넷 사용 가능한 숙소들도 있고, 도시에 따라 PC방도 있다. 단, PC방 요금은 상상을 초월한다(30분에 5천 원 넘게 내고도 싸다고 생각했던 것 같다).

11_ 지역 내 이동

- 기본적으로 도시마다 택시가 한 대씩은 있다. 누크나 캥거루수아크의 경우 버스도 있다. 택시회사에 전화해서 지금 어디로 오라거나, 내일 몇 시에 어디로 와달라고 부탁하면 된다(택시회사 전화번호는 관광안내소나 숙소에서 문의할 것). 숙소에서 차량을 운행하는 경우도 있는데, 유료 서비스인지 무료 서비스인지 먼저 확실히 해두자.
- 히치하이킹을 제법 잘 받아주지만, 경우에 따라선 하루 종일 차 한 대도 지나가지 않아 시도조차 할 수 없는 경우도 있으니 유념할 것.

12_ 지역 간 이동

배를 이용하든 비행기를 이용하든 날씨 때문에 기존 스케줄이 변경되는 경우가 허다하니 반드시 이용 전에 확인해보아야 한다.

① 배편

비행기 탈 때와 마찬가지로 신분증 확인을 요구하니 여권(혹은 여권 복사본)을 표와 함께 상비할 것.

· 여름 한철 남부에서 북부까지 서부 해안을 따라 왕복 운행하는 페리 Arctic Umiaq Line이 있다. 나르삭, 까코톡, 누크, 시시뮤트, 일루리셋 등 굵직굵직한 도시들과 여타 작은 마을들을 경유한다. 스케줄 확인 및 예약은 http://www.aul.gl/

· 일루리셋 디스코베이 부근의 작은 마을 사이만 운항하는 페리도 있다. 일루리셋에서 깨꺼타수아크를 가려면 이 페리를 이용할 것. 스케줄 확인 및 예약은 http://diskoline.gl/

· 이동하고자 하는 지역이 가깝거나, 띄엄띄엄 있는 페리 스케줄에 맞출 수 없다면 개인 모터보트를 빌리는 것도 방법이다. 관광안내소에서 소개를 받아도 되고, 아니면 항구에 가서 아무나 붙잡고 물어보면 배를 운전해주겠다고 나서는 이가 있기 마련이다. 반드시 흥정하자. (물론 아무리 흥정한들 페리만큼 값싸진 않다.)

② 비행기

· 에어 그린란드 http://www.airgreenland.com에서 예약 가능하다. 비행 스케줄이 잦지 않으니 일정을 잘 조율할 것. 비행기에서 내린 후 곧장 다음 목적지까지의 비행 스케줄을 미리 체크해두는 것도 좋은 방법이다.

· 혹 날씨 때문에 비행 스케줄이 취소되면 에어 그린란드 측

에서 무상으로 숙소를 제공하니 안심할 것.

13_ 투어 프로그램

여름에는 개썰매 타기, 고래 찾기 투어, 빙하 관람 투어, 낚시, 트래킹 등등이 가능하다. 각 지역 관광안내소에 문의할 것.

14_ 관광기념품

· 일각고래, 북극곰, 바다코끼리 관련 제품이 아니라면 모두 외부 반출이 가능하다. 바다표범이나 북극토끼, 북극여우 가죽으로 만든 제품 등이 인기 있으며, 동물의 뼈로 만드는 전통 조각품인 투필락 등도 구입할 수 있다.

15_ 여행 필수회화

대부분의 현지인들이 외부인들에게도 늘 미소로 응대하고 친절하다. 상대편에서 일부러 말을 거는 경우는 없지만 질문에는 언제나 최선을 다해 답을 해준다.

한국에서와 마찬가지로 아주 단순한 영어는 다 통하니 걱정 말자. (Yes, No, Sorry 등등)

설혹 현지인들이 본인의 그린란드어를 못 알아듣는다 한들 절망하지 말고, '인류 공통어' 바디 랭기지와 그림문자를 잘 활용하자.

1. 안녕하세요. / Haluu. / 알루.

2. 잘 가세요. / Takuss. / 탁쿠스.

3. 고맙습니다. / Qujanaq. / 꾸야낙.

4. 맛있습니다. / Mamarpoq / 마말뽁.

5. 내 이름은 ~입니다. / ~ imik ateqarpunga / ~이믹 아떼 꽐뿡아.

6. 날씨가 좋습니다. / Sila ajunngilaq. / 씰라 아융일락.

7. 날씨가 나쁩니다. / Sila ajorpoq. / 씰라 아욜뽁.

8. 영어 할 줄 아십니까? / Tuluttut oqaluppoq? /뚤루 오꽐 루뽁?

9. 화장실 / Anartarfik / 아날따픽 ('픽'의 피읖을 F로 발음할 것)

10. 관광안내소 / Takornarissanut allaffik / 타코르나리싸 눗 알라픽('픽'의 피읖을 F로 발음할 것)

.

1. 유럽 8개국 연합이 지원하는 그린란드 아이스코어 프로그램은 그린란드에서 내륙빙하가 가장 두꺼운 캥거루수아크 지역에서 북동쪽으로 800킬로미터 떨어진 곳을 드릴로 뚫기 시작했으며, 1992년 중반, 4년간의 작업 끝에 지하 3028.8미터 아래의 암반에 도달했다. 각각 55센티미터 정도 되는 5799개의 빙하 중심부가 드릴로 채취되었으며, 이 각각의 빙하 중심부는 몇천 년 전의 역사를 그대로 간직하고 있어, 북반구 기후를 재구성하는 연구에 주효하게 쓰였다.

2. 2008년 11월 25일 실시된 그린란드 자치권 확대 주민 찬반투표에서 자치권 확대안이 가결됨에 따라, 그린란드는 천연자원에 대한 권리 등을 행사할 예정이다. 석유에서 얻는 수입 가운데 7500만 크로네(190억 원)까지는 자치정부가 갖고 초과분은 덴마크 정부와 절반씩 나눠 갖는다.

3. 그렇다면 지구온난화로 빙산이 녹아 해수면이 상승하고 있다는 주장은 사실일까. 유리병에 물을 가득 채우고 얼리면 병이 깨져버린다. 액체 상태에서는 비교적 자유롭게 떠다니던 물 분자들이, 온도가 0도로 떨어지면 자기들끼리 육각형 모양으로 결합하여 공간을 더 차지하면서, 물의 부피를 액체 상태일 때보다 10퍼센트 정도 더 크게 만들기 때문이다. 컵 한가득 물을 채우고 얼음을 띄운 후 다 녹을 때까지 기다려도 물은 넘치지 않는다. 얼음이 녹으면서 물 분

자의 결합이 부풀렸던 부피가 줄어드는 것일 뿐 컵 속 물 분자의 수 자체에는 변화가 없기 때문이다. 같은 원리로 바다 위의 빙산이 모조리 다 녹아도 해수면 높이에는 아무런 영향을 끼치지 않는다. 해수면 상승에 영향을 주는 것은 바다에 떠 있는 '빙산'이 아닌 육지의 '빙하'다. 그린란드 내륙 빙하가 모두 녹으면 해수면이 7미터나 상승한다니 무시무시한 수치다.

4. 2008년은 '세계 북극의 해'로 전 세계의 온난화 연구자들이 특히 그린란드로 많이 몰려왔다. 지구온난화를 주장하는 학자들이 지금까지 지원받은 연구기금은 1100만 달러에 이른다고 한다.

5. 이와 관련한 유명한 서술로, 그린란드에 살았던 아프리카 토고 사람 테테Tete Michel Kpomassie의 저서가 있다. 토고에서 나고 자란 그는 십대에 그린란드에 관한 책을 본 이후 꿈을 갖고 노력한 끝에 그로부터 10년 후 정말 그린란드에 도착하여 북극의 사냥꾼으로서의 새 삶을 시작했다. 그의 저서 『그린란드의 아프리카 사람An African in Greenland』(1981)에는 그린란드 사람들이 '튀는 존재'인 자신을 자연스레 수용한 과정이 자세히 기록되어 있다고 한다.

6. 이후에도 두 번 더 아이슬란드에서 그린란드로의 이주가 행해 졌다. 먼저 이주해온 사람들 4000여 명이 자리 잡은 남부 그린란드는 '동쪽 정착지Eystribyga (Eastern Settlement)', 나중에 온 1000여 명이 정착한 북서부 그린란드는 '서쪽 정착지Vestribyga (Western Settle

ment)'라 불렸는데, 이 잘못된 명칭은 바이킹의 멸망 후 이들의 흔적을 찾으러 온 사람들은 엉뚱한 곳을 헤매게 하는 계기가 되기도 한다.

7. 소가죽, 염소가죽, 양털 역시 그린란드의 주 수출 품목이었다. 가죽을 대량 소비하던 유럽에는 항상 수요가 있었기 때문이다. 또한 그린란드 바이킹들은 유럽의 최신식 문물에 민감하게 반응해 그 유행을 그대로 따랐다. 대표적인 게 의복으로, 그들은 소매가 헐렁해 바람이 스며들 수 있어 그린란드의 기후에는 적절하지 않은 '우플랑드houppelande'(길고 헐렁한 남성용 외투로, 벨트로 허리를 조인다)라는 유럽식 의복을 즐겨 입었다. 범선의 제한적 하적 양을 감안해 물고기는 수출되지 않았다.

8. 기후변화설은 그린란드 바이킹들이 갑자기 멸망해버린 원인으로 가장 설득력 있게 제시되는 이론이나, 확실히 증명된 바는 없어 여전히 논란이 분분하다. 전염병설, 아메리카 원주민이 쳐들어왔다는 설, 이뉴이트 사회에 흡수되었다는 설, 본토 유럽인에게 버림받았다는 설, 북아메리카로 이민 갔다는 설, 쐐기벌레가 창궐하여 목초를 망쳐버렸다는 설 등등. 하다못해 당시 로마의 시스티나 성당을 짓는 데 어마어마한 돈을 쓰던 교황 식스투스 4세의 사주를 받은 해적들에게 납치되어 팔려갔다는 황당한 설도 있다.

9. 소빙하기의 원인으로는 보통 두 가지가 거론된다. 첫째는 태양

의 활동인데, 당시 태양 흑점의 활동이 활발하지 않았기 때문이라는 설이다. 두번째는 활발한 화산활동으로, 화산재가 대기 전반에 머물면서 태양광을 차단한 탓에 기온이 떨어졌다는 것이다. 이외에도 해수 순환이 잘 되지 않아 해수로의 열 유입과 유출이 활발하지 않았던 것이 원인이라는 설, 흑사병이 돌 때 유럽, 중앙아시아, 동아시아에서 인구가 크게 줄어들면서 농작물과 산림 수확이 현저하게 줄어들고, 이에 대기 중의 탄소가 급증하면서 소빙하기를 더 연장시켰다는 설 등이 있다.

10. 애초에 한스 목사가 프레더릭 4세에게 간청한 내용부터가 '그린란드 옛 식민지를 되찾아' 그곳에 교회를 지을 수 있게 허락해 달라는 것이었다.

11. 빈란드가 멸망한 원인으로는 여러 설이 제기되고 있다. 빈란드에 살던 바이킹들이 인디언에 동화돼 아메리카 토박이가 되었다는 설, 인디언에게 모두 살해되었다는 설 등이 있는데, 확실한 것은 바이킹들에겐 자기네보다 월등히 많은 인디언을 물리칠 인원은 없었다는 점이다. 기동성이 뛰어난 바이킹의 좁고 긴 배는 치고 빠지며 노략질하는 데에는 알맞았지만, 사람을 44명밖에 태우지 못해 그린란드로부터 사람을 많이 수송해오기에는 역부족이었다.

12. 15세기 무렵 지구 탐험에 한창 열을 올리던 포르투갈은 노르웨이에 요청하여 그린란드에 탐험대를 보낸다. 1472년과 그 이듬해

출항한 탐험대는 동부 그린란드에 도착한 후 뉴펀들랜드 섬까지 진출하려 했으나 별다른 소득은 없었다. 1492년 로마의 교황은 그린란드 가르다르에 배를 보내 그린란드 바이킹들과 재접촉하려 했으나 실패했고, 1521년 덴마크의 크리스티앙 2세 역시 배를 보내려다가 계획이 중단되었다. 1576년 영국인 선장 마틴 프로비셔는 중국으로 가는 북서항로를 개척하려다가 그린란드에 다다른다. 그는 이 땅이 일찍이 지도에 그려지곤 했던 신화 속에 나오는 섬이라 생각했고, 그린란드를 원래보다 훨씬 더 북쪽으로 표기하는 바람에 후세 사람들은 한동안 항해에 호의적인 그린란드 남부가 아니라 항해하기 힘든 그린란드 동부로 뱃길을 돌려 재앙을 맞는 비극이 연출되기도 한다. 그러나 프로비셔의 그린란드 '재발견'은 당시 그다지 주목받지 못했고, 정작 그린란드가 제대로 이목을 끌기 시작한 것은 영국인 존 데이비스 선장의 탐험이 있고부터였다. 그 역시 프로비셔처럼 중국으로 가는 북서항로를 개척하려 그린란드에 도착했지만, 그는 여기가 그린란드라는 것을 파악했으며 이후 세 번에 걸쳐 이 섬을 다시 방문했다. 그는 지도에 다시금 그린란드를 그려 넣었으며, 데이비스 해협은 그의 이름을 본뜬 것이다. 그는 그린란드 이뉴이트들과 비교적 평화로이 접촉하며 그린란드에 대한 첫 민족지학적·지리학적·생물학적 조사를 했는데, 심지어 영국인 선원들과 그린란드 이뉴이트들 사이에 축구 경기가 있었다는 기록까지 있을 정도로 친분을 쌓았다. 이 비슷한 시기 그린란드에 대한 관심을 다시 불태우던 덴마크는 1579년, 프레더릭 2세가 다시 배를 그린란드에 보내기 시작해, 1605년 서부 그린란드에 다다른 후 그린란드를 덴마크령이라 선포하고 이뉴이트를 납치하면서 그린란드의 덴마크 식민 역사를 시작했다. 덴마크가 그린란드를 자기네 식민지로 선포한 이래에도, 네덜란드인들은 끊임없이 그린란드와 접촉하며 이뉴이트들과 거래를 텄고 따라서 그린란드 지도를 제일 자세하게 그린 사람들도 네덜란드인들이었다. 네덜란드인들의 종횡무진은 1691년 덴마크가 한자동맹 항해에 엠바고를 선언할 때까지 계속되었다.

13. 서구 유럽 지도, 문헌, 문학 등에서 '가장 북쪽에 위치한 세상의 끝 섬'을 지칭했던 말. 다분히 신화적인 공간이었으나 점차 지도 등에 명시되는 등 구체적인 땅으로 취급받기 시작했다. 고대 시기엔 스코틀랜드를 울티마 툴레 여겼으나 항해술의 발달에 따라 그 위치는 점점 더 북쪽으로 거슬러 올라가 스칸디나비아반도, 스발바르 군도, 아이슬란드, 그리고 마침내 그린란드 등이 '울티마 툴'이라 명명되기에 이른다. 현재 그린란드의 툴레 지방의 이름도 여기서 유래했다.

14. 1856~1920, 미국의 해군, 북극탐험가. 그는 총 8번의 여정을 통해 8개의 발가락을 잃어가며 마침내 1909년 세계 최초로 북극점에 도달한 것으로 알려졌다. 그린란드 최북단 지역은 그의 이름을 본떠 명명되었지만, 1980년대 이후 그의 탐사일지가 재검토되면서 그가 실제로 극점에 도달하지 못했다는 주장도 제기되고 있다. 또한 그가 북극 탐사 당시 저지른 만행들은(부족한 여비를 보충하기 위해 이뉴이트 소유였던 운석 37톤을 훔치거나, 그의 스폰서 모리스 제슈프의 호의

를 사고자 이뉴이트를 '수집'하여 미국으로 데려가는 등) 결코 바람직한 탐험가의 모습이 아니었다. 로버트 피어리에 의해 미국에 끌려갔던 6명의 이뉴이트 중 한 명인 켄 하퍼Kenn Harper는 『아버지의 시체를 돌려줘Give Me My Father's Body』라는 책을 펴냈는데, 여기에는 미국에서 성인이 된 그가 나중에 자기 아버지의 시체가 미국 자연사 박물관에 전시된 것을 보고 경악하는 비극적인 이야기가 담겨 있다.

15. 1861~1930, 노르웨이의 탐험가, 해양학자, 정치가, 인도주의자. 1888년 52일간 썰매를 타고 세계 최초로 그린란드를 동서로 가로질렀으며, 북극점 도달에도 도전했다. 1893년 6월, 유빙流氷에 대비해 자신이 직접 설계한 배를 몰고 북동쪽으로 향한 그는 1895년 4월 8일, 그때까지 인간이 도달하지 못한 가장 북쪽 지점인 86도 14분까지 전진했다. 그러나 그들이 달리고 있던 얼음이 서서히 남쪽으로 흐른 탓에 끝내 북극점에 도달하는 데는 실패하고, 1년여를 인근 섬에서 지내던 중 마침 그곳을 지나가는 영국 탐험대의 배를 만나 구조됐다. 1896년 8월, 3년 만에 고국으로 돌아왔을 때 그는 이미 노르웨이의 영웅이었다. 탐험가의 길을 접은 후에는 난민難民을 위한 인권 외교관으로도 이름을 떨쳤는데, 1차 대전 후 러시아에 수감된 43만 명의 독일군 포로를 풀려나게 했으며 난민 신분증명서인 '난센여권'을 처음 창안, 동유럽에서 방랑하는 러시아 난민을 도왔다. 그는 이 공로로 1922년 노벨평화상을 수상했다.

16. 1879~1933. 그린란드 출신 덴마크계 이뉴이트로, 탐험가이

자 민족학자였다. 1879년 6월 7일 일루리셋에서 목사의 아들로 태어났다. 덴마크, 노르웨이, 그린란드 혈통을 골고루 지녔던 그는 코펜하겐에서 학업을 마치고 여러 직업을 거치다가 1902년 그린란드 북서지방 탐험기를 덴마크에서 출판하여 유명해졌다. 그의 첫 책은 『새로운 사람들The New People』로, 멜빌 만 지역 북극 이뉴이트에 관한 것이었다. 1906년부터 1908년까지 그는 민족지학적 탐험에 동참해 캐나다 엘스미어 섬에서부터 그린란드까지의 루트를 찾기 위한 탐사를 벌인다. 1912년과 1919년 사이 라스문센은 네 번의 그린란드 여정을 이뤄냈다. 그는 시베리아에서 출발하여 그린란드까지 이뉴이트가 이주해온 경로를 따라가는 데 성공했으며, 북극, 캐나다와 알라스카의 모든 이뉴이트 사회를 방문하여 신화와 전설, 구전으로 전해오는 지식들을 모았다(그러나 북극 러시아 지역 방문은 소비에트 정권 때문에 좌절되었다). 이 여정의 결과는 지역에 따라 이뉴이트 부족끼리 서로 다른 언어적 문화적 차이를 상세히 기술한 책 *The 5th Thule Expedition-The Danish Ethnographical Expedition to Arctic America*이 남겨졌으며, 이는 또한 라스문센의 가장 유명한 책 *Across Arctic America*의 기초가 되기도 하였다. 이 프로젝트로 그는 코펜하겐 대학에서 명예박사를 받았다. 그는 또한 1933년 여름 이뉴이트가 주인공인 〈파올로의 웨딩〉이란 영화를 찍기도 했는데, 영화 촬영 도중 키비오크(바다쇠오리 절임)를 먹다가 식중독에 걸려 1933년 12월 21일 사망하고 말았다. 물론 사망설에 대해서는 이뉴이트 식문화에 정통한 그가 상한 키비오크를 잘못 먹었다는 이야기는 아무래도 납득하기 힘들어 단지 루머일 뿐이라는 주장도 제기되었다.

17. 그린란드의 덴마크인들은 '코펜하겐의 왕립 극장에 드나들지 못하는 것에 대한 보상compensation for not being able to visit the Royal Theatre in Copenhagen'이라는 문구—코펜하겐의 왕립극장이란 그린 란드에 머물면서 포기해야 하는 모든 것들의 표상이었다—를 앞세워 이를 정당화했다. 또한 여전히 덴마크 본국에서 자신들과 동등한 일을 하는 이들과 자신들의 처지를 비교, 충분한 보상을 받지 못한 다며 더 많은 특권을 요구하고 있다고 한다.

18. 현대의 최북단 인간 거주지는 노르웨이령 스발바르제도의 석 탄광산 센터나 캐나다 엘스미어 섬의 군부대 등이지만, 이는 인위적 으로 사람들을 정착시킨 사례로, 자연적으로 인간이 정착한 최북단 거주지는 그린란드의 시오라팔루크뿐이다.

19. 1806년 처음 빙정석이 발견된 이래 이비투트 지역은 전 세계 최대 빙정석 생산지로 막대한 돈을 벌어들였다. 이 지역 노동자들의 숙소에는 '백만장자 골목'이라는 별명이 붙여졌을 정도이며, 1922 년에서 1956년 사이 이비투트는 심지어 그들만의 화폐를 발행할 정 도였으나, 1987년 빙정석이 고갈됨에 따라 쇠퇴해버렸다. 현재 이 비투트 지역에는 아무도 살지 않는다.

20. 인공위성이 생기기 전, 동부 그린란드의 기상청은 대서양의

폭풍을 예측하기 위한 중요한 곳이었다. 보급선과 폭격기가 대서양을 건너야 했기 때문에, 제2차 세계대전 동안 이곳은 전략적으로 매우 중요한 장소로 떠올랐다. 덴마크가 독일에 점령당한 상태에서, 자국 군대가 없었던 그린란드는 주로 덴마크인으로 구성된 작은 자발적 군대를 형성하여 사람이 살지 않는 1600킬로미터 정도의 동쪽 해안의 적의 침입 여부를 감시했다. 어느 날 무기조차 거의 갖추지 않은 이 자원 군사들의 감시망에 19명의 독일 파견군들이 독일군 기지를 이곳에 지으려는 광경이 포착되었고, 곧 전투가 벌어지면서 기상청은 불타버렸다. 이 군대가 바로 '시리우스 썰매 순찰대'의 전신이다. 이 개썰매 순찰대는 요즘도 그린란드 동부 해안을 감시하며, 그린란드 국립공원 파수꾼 역할도 겸한다. 순찰대 멤버들은 덴마크 엘리트 군 장교 중에서 뽑히며 두 명이 한 팀을 이루어 일하는데, 그들은 2년 동안 복무하면서 50도까지 내려가는 고립된 사냥 오두막에서 지내기도 한다. 프레더릭 현 덴마크 황태자도 2000년 이 순찰대의 대원으로 복무하며 지역 주민들의 존경을 얻어낸 바 있다.

21. 이미 오래전부터 미국은 그린란드에 눈독을 들여왔다. 남북전쟁이 끝난 후 당시 미 국무장관이었던 윌리엄 슈어드는 러시아로부터 알래스카를 사들이면서, 그린란드, 아이슬란드 그리고 북극해의 노르웨이령 얀마옌 섬까지 사들여야 한다고 주장했다. 이 모두를 사들이면 미국은 대서양을 완전히 손아귀에 넣게 된다. 그러나 당시 미국의 빈곤한 주머니 사정 때문에 알래스카를 사들이는 데 그치고 만다.

22. UN은 그린란드의 이 같은 결정이 식민지를 가진 다른 국가들이 덩달아 '자기네들 군으로 편입시키겠다'는 허울 좋은 핑계로 식민지의 독립을 반대하려들 여지를 줄 수 있다며 난색을 표했지만, 1953년 덴마크 하원에 배치된 두 명의 그린란드 대표의 노력으로 결국 이 결정은 관철되고 만다.

참고문헌

· 단행본 ·

이브 코아, 『바이킹』, 시공사, 2005

재레드 다이아몬드, 『문명의 붕괴』, 김영사, 2005

진중권, 『호모 코레아니쿠스』, 웅진, 2007

CIA, The World Fact Book, 'Greenland'

Erik Erngaard, *Greenland: Then and Now, Lademann*, 1972

Etain O' Carroll and Mark Elliott, *Lonely Planet—Greenland&the Arctic, Lonely Planet Frederica De Laguna, Voyage to Greenland: a Personal Initiation into Anthropology*, W. W. Norton, 1977

Madelyn Klein Anderson, *Greenland: Island at the Top of the World*, Dodd Mead & Co., 1983

Publications Pty Ltd, 2005

Robert Petersen, *Arctic Anthropology*, Greenland University, 1995

· 기사 및 그 외 사이트 자료들 ·

NDSL 과학향기, 2005년 9월 9일, '사우디 왕자의 빙산 프로젝트'

National Geographic News, 2009년 7월 21일, 'Narwhals: Photos show Decline of 'Unicorn' Whales'

Science Daily, 2005년 12월 14일, 'Marine Biology Mystery Solved: Function of 'Unicorn' Whale's 8-foot Tooth Dis-covered'

Wikipedia, 'Danish krone'

Wikipedia, 'Eskimo'

Wikipedia, 'Inuit'

Wikipedia, 'Eskimo-Aluet Languages'

Wikipedia, 'History of Scandinavia'

Wikipedia, 'Ultima Thule'

Wikipedia, 'Erik the Red's Land'

경향신문, 2006년 8월 9일, ' '인류 공동의 땅' 스발바르를 가다'

네이버 백과사전 '베버리지 보고서'

Strategy 21 제14호, '덴마크-노르웨이 간 동부그린란드 사건' (이석용), 2004

아이나라, 2002년 12월 5일, '바이킹이 콜롬부스보다 빨랐다'

오마이뉴스, 2008년 11월 16일, '일본인 원했던 이봉창, 왜 일왕에 폭탄 던졌나'

한겨레신문, 2008년 10월 24일, ' '모던보이' 이봉창은 왜 폭탄을 던졌나'

BBC News, 2008년 11월 10일, 'Mystery of Lost US Nuclear Bomb'

Nunatsiaq News, 2007년 6월 29일, 'How Greenland curved alcohol abuse' 네이버 백과사전 '베버리지 보고서'

Nunatsiaq News, 2007년 6월 29일자 기사, 'How Greenland curved alcohol abuse'

그린란드 지구의 중심을 걷다
© 노나리 2009

초판인쇄   2009년 11월 9일
초판발행   2009년 11월 16일

지은이   노나리
펴낸이   강성민
기획부장   최연희
편집장   이은혜
마케팅   신정민

펴낸곳   글항아리
출판등록   2009년 1월 19일 제406-2009-000002호

주소   413-756 경기도 파주시 교하읍 문발리 파주출판도시 513-8
전자우편   bookpot@hanmail.net
전화번호   031-955-8888(관리부) 031-955-8898(편집부)
팩스   031-955-2557

ISBN 978-89-93905-10-6 03810

에쎄는 (주)글항아리의 비소설·실용 분야 브랜드입니다.

이 도서의 국립중앙도서관 출판시도서목록(CIP)은 e-CIP홈페이지(http://www.nl.go.kr/ecip)에서
이용하실 수 있습니다. (CIP제어번호: CIP2009003394)